皇帝陛下は逃がさない

山野辺りり

イースト・プレス

contents

プロローグ

清潔感のある淡い緑を基調にした部屋は、夜になっても煌々《こうこう》と明かりが灯っていた。それも、中央に据《す》えられた寝台を取り囲むように。

シシーナがいくら恥ずかしいから消してほしいと懇願しても、夫である彼が聞き入れてくれることはない。むしろ「照れる貴女《あなた》は可愛らしい」と言って、羞恥に染まるシシーナを猛烈に攻めたててくるのだ。

もちろん今宵《こよい》も例外ではなく、広い寝台の上では一糸纏わぬシシーナが少しでも素肌を隠そうと、辛うじて動かせる手足でもがき、身をくねらせていた。それが夫を喜ばせるだけだというのも知らず。

多忙なはずなのに、彼は見事な手腕で年若い妻との時間を捻出する。あまりに毎晩求められるから、ひょっとして暇なのだろうかと疑ってしまったが、そういう訳でもない。

何故なら夫であるこの男は大陸最強の帝国ケントルムの皇帝、レオハルトその人なのだから。

遠く離れた辺境に在る小国オールロで生まれ育ったシシーナには実感が湧かないが、まだ各地では覇権を握るための争いの種が尽きない。それらをことごとく退け吸収し、強大な国家へと作り上げた彼は、その見た目と相俟《あいま》って『獅子王』の異名を取っていた。

戦場においては情け容赦なく獲物を追い詰め、確実に仕留める野生の獣。動くものの絶えた荒野で威風堂々と独り立つ姿は恐ろしくも美しいという風の噂は、シシーナの耳にも届いていた。

世の中には怖い人もいるのね、なんて他人事で考えていた過去の自分をぶん殴ってやりたい。

その字名《あざな》の由来である豊かな黄金の髪を揺らしながら、凄絶な色香を放つ男がうっとりと微笑んだ。

「ああ……こんなに蜜を零して……君は身体を重ねるごとに淫らに咲き誇る」

「……んッ、あ……あっ」

グッと熱い塊が押し込まれる衝撃にシシーナが無意識で腰を逃がせば、逞《たくま》しい腕に引き寄せられた。白い脚がレオハルトの背中の向こうで揺れている。

「ひゃぁ……っ」

先ほどよりも深くなった繋がりが凶悪な快楽を生み、シシーナは背を仰け反らせた。爪先が意思とは無関係に跳ね踊る。

脚を大きく広げられた体勢がいたたまれない。それだけならまだしも、ひっきり無しに上がる自分の嬌声、下肢から響く淫らな水音が頭の中を掻き回してゆく。

更にはそんな己の淫猥さを、隠すことも許されず明かりの下に晒されているのが心許なくて涙が溢れてくる。何度回数を重ねたところで、それは拭い去りようもなかった。

――こういうことは、コッソリ密《ひそ》やかに行うものではなかったの……!?

遠回しに、せめて光量を落として欲しいと告げても、レオハルトは情欲に塗れた瞳を細めるだけだった。

「私の手で美しく乱れる君の全てを目に焼き付けたい」

変態か！　とはさすがに一応夫である男に言えるはずもなく、それ以前に怖くてそんなこと口にできない。シシーナとレオハルトの間には、越えられぬ壁があるのだ。それは身分的なものであったり、体格や年齢、何より心理的な溝でもある。

そんな訳で結果的に、夜の営みは全てが丸見えとなってしまう光の下粛々と行われる。

彼の気紛れ一つで、『自然が豊富』くらいの褒め言葉しか思い浮かばないオールロなど消し飛んでしまうだろうから。

そうなれば、優しい両親や兄姉、穏やかな気質の国民が失われることになる。美しい景色も二度と見ることは叶わないだろう。彼は眉一つ動かさず、シシーナに死を与えるに違いない。

容易に想像できる未来に背筋を震わせれば、その動きがレオハルトを受け入れている場所にも及んだのか、艶やかな呻きが落とされた。

「……っ、そんなに締め付けては駄目だよ、シシー。もっと君を可愛がってあげたいのに、我慢ができなくなる……悪い子だな。それともお仕置きを期待してるの？」

「めっそ……あ、あぁっ」

滅相もない、と告げかかった言葉は悲鳴と快楽に呑まれた。

彼だけが呼ぶ『シシー』の愛称を繰り返されながら浅く深く突かれ、誤魔化しようもない熱が高まってゆく。ぐちゅぐちゅと捏ねられる奥が解放される瞬間を期待して、いやらしく収縮する。

「あっ、あ、ゃ……もう……っ！」

「ああ、イきなさい。何度でも注いであげるから……」

高名な家具職人の一級品である寝台がレオハルトの激しい律動に軋《きし》み、シシーナの視界も上下に乱れた。

「はぁ……ッ」

置き場がなく不安定に揺れていたシシーナの脚をレオハルトが掴み、腕にかける。本当は肩に担ぎたいのかもしれないが、身長差があり過ぎてそれは難しかった。だがこの姿勢は無防備に開いた中心が上向くせいか、繋がりが深くなってしまう。

そして否が応でも彼を受け入れている場所が視界に入る。

「……！」

羞恥に耐えきれず慌ててそこから目を逸らせば、今この場に似つかわしくないものが飛び込んできた。

シシーナの細く白い足首に嵌る金環。それは一見、見事な細工の施されたただの装飾品だが、似つかわしくない無粋《ぶすい》さも持ち合わせている。

そこから伸びる鎖はチャリチャリと小さな音を立てながら、寝台の下へと続いていた。

シシーナを捕らえて逃がさない、彼の支配欲と執着を形にしたもの。

レオハルトが直接的な暴力を振るったことは今までないが、人を人とも思わぬ行為のこれが彼の本質でなくていったい何だと言うのか。

――あの人達を守る為なら、この程度の恥辱なんでもないわ。

快感が膨れ上がり真っ白な世界に放り出される直前、シシーナはレオハルトの腕に爪を立てた。せめてもの、反抗だ。

ただし、それさえレオハルトには愛玩動物が悪戯心を起こした程度のものとしか思われていないのが悔しい。

「んん……っ、あ、あ――ッ」

「可愛いシシー……っ、もっと鳴き声を聞かせて……っ、くっ」

いや、愛玩動物というよりむしろ、これは性欲を満たすための奴隷と言うべきか。それほどまでにレオハルトはシシーナを連日連夜求め、貪欲にその身体を貪《むさぼ》った。顔を合わせる時間はほぼ全て性的な営みに費やされて、否が応でも自分がそれだけの存在なのだと突きつけられる。

――どう思われていようと、私は人間だもの。その誇りだけは、捨てないわ……！

たとえ無駄に豪華な自分の寝台が、妙に意匠を凝らした檻の中にあるとしても――

1. 朗報？　いいえ、死刑宣告です

オールロの王であり、父親であるバレシウスに呼び出され、シシーナは足早に城内を歩いていた。

あまり王族としての礼儀作法に厳しくなく育てられたシシーナだが、さすがにドレスを捲り上げて走り回るような真似はしない。少なくとも、この数年は。

だが、今日ばかりはそれをぶち破ってしまいたい衝動に駆られるほど、気が急いていた。

「シシーナ様、そのように急がれては、また御髪《おぐし》が乱れてしまいますよ」

「ゆっくり歩いてなんていられないわ。あと髪のことは言わないで！」

若干息が上がり気味のシシーナとは違い、一歩下がった位置を早足で歩く侍女は涼やかな声で主を窘《たしな》めた。もちろん呼吸に乱れもない。それは単に足の長さの差からくる運動量の違いと言えた。

身分の差こそあれ、乳兄弟として育ったリズとシシーナは、主従を越えた親友でもある。だからこそ彼女のいつでも冷静な物言いには慣れていたが、今は無性に腹立たしい。

「酷いわリズ！　私が一番気にしていることを！」

「どうせ後で私に泣きついていらっしゃるのでしょう？　ですから手間を省こうと思っただけですわ」

「手間!?　それが仮にも仕える姫への言葉!?　侍女としての心構えが不充分なのではないの!?」

正しくリズの言う通り、きっと数刻後には広がり切った髪を何とかしてくれと半泣きになるのだ。綿毛のようなシシーナの髪は絡まり易いうえ、簡単に気候に左右される。図星を突かれたのが悔しくて、シシーナの目尻が赤く染まった。けれど認めるのも癪に障り、心にもない言葉を吐いてしまう。

別にリズに主として敬って欲しいというわけではなく、むしろ友人として砕けた接し方をしてくれる彼女が大好きだ。変わって欲しくないし、憎まれ口を叩くのも気心が知れているからこそできること。それに癖が強くて扱いにくいシシーナの髪を上手く纏められるのは、リズだけだ。

「……」

だから黙り込んだリズに不安が募り、シシーナは恐る恐る振り返った。

「じょ、冗談よ？　怒ったの？　リズ……」

「いいえ。もう既に鳥の巣のようになりあそばしていると思いまして」

いつもの如く無表情のリズだが、その肩が僅《わず》かに揺れているのをシシーナは見逃さなかった。完全にからかわれている。

「リズの馬鹿！」

「淑女の言葉とは思えませんね。語彙力的にも物足りません。どうせならもっと相手の臓腑を抉るように攻め込まなければ、悪口として成立しないでしょう」

冷静に返され、シシーナは何か言い返してやろうと試みたが、諦めた。どうせリズに口で敵うはずはないのだ。

「……もう、いい……それより早くお父様のところに行かなくちゃ……」

「そうですね。貴重な時間を浪費してしまいました。ご心配なさらずとも、後でお気に入りの編み込みをして差し上げますよ」

リズは軽くシシーナの髪を撫で付け、跳ね広がった毛先の応急処置をしてくれた。

なんだかんだ言いつつも、やっぱりリズは優しい。だからこそシシーナは、ずっと傍にいて欲しいと願うくらいに彼女を信頼している。

「ありがとう……リボンはこの前お兄様にいただいた白いレースのものにしてね？」

「かしこまりました」

いつも通りのリズにひとまず安心し、シシーナはこれ以上髪が乱れぬように静々《しずしず》と歩いた。そしてやっと辿り着いた目的の部屋の扉を開く。

「お父様、失礼いたします！」

この時間ならば丁度執務室で休憩中のはず、というシシーナの予想は見事に当たった。

オールロの王、バレシウスは口元に運びかけていたカップを持ったまま、突然現れた娘に驚き固まっている。

「どうしたんだね、そんな怖い顔をして。今は歴史の勉強時間だと思ったが？」

父親らしく行儀の悪い娘を窘めようと眉を顰《ひそ》めたが、元々がのほほんとした顔立ちなので、まったく怖くない。それどころか、髭《ひげ》に付いたミルクの泡が情けない。

シシーナは何だか非常に残念な気持ちになり、視線だけでバレシウスの横に立つ侍女に指示を送った。

「我が君、失礼いたします」

黙って立っていれば、そこそこの見た目であるのに、モゴモゴ言いながら若いメイドに口を拭われる父親はどうにも様にならない。母はそこが可愛いと言うが、娘としては正直なところ微妙な心境だ。

「お父様……あの話は本当ですか？」

バレシウスの口元が綺麗になったのを見届けて、シシーナは気分を切り換え本題を切り出した。

「ルマノが教えてくれたの……私の輿入れが決まったと……」

「ああ、その話か。そんなに気色ばんで、いったい何があったのかと思ったではないか。喜びなさいシシーナ。相手を聞いたら驚くぞ」

その話も何も、普段目新しいことなど滅多に起こらないオールロにおいて、それ以外にシシーナがこんなに取り乱すことなどない。ちょっと考えれば分かることである。つまり、父は意識的にはぐらかそうとしているのだ。

そう気付いた瞬間、シシーナは一気に距離を詰め父親へ駆け寄った。

「どういうことですか!?　あれほど私のことは手元に置くのだと……結婚相手は婿入りしてくれる相手を探すと仰っていたじゃありませんか!?」

バレシウスには側室がなく、王妃レジーナとの間にしか子供はいない。シシーナはその末娘にあたるが、上には兄姉がそれぞれ二人ずついた。すぐ上の姉でさえシシーナとは八つ離れているせいか、溺愛と言っても過言でないほどシシーナは家族から愛されている。それはもう、ちょっと異常なほどに。

オールロは大陸の辺境に在り、これといった産業も産出物もない。要所への通過点という訳でもなければ芸術に秀でた人物を輩出した過去もありはしない。

その代わり狭いながらも豊かな農地を有し、農業と畜産業を主軸として細々永らえてきた。いたって長閑《のどか》な、世の中から忘れ去られたような小さな国である。

攻め取るほどの価値もないから、各国が覇権を争う時代においても至極平和にのんびり生きてこられた。

そのため国民はもちろん、王族でさえ危機感とは無縁の生活を送り、全体的にのほほんとした人格が形成されている。

おおらかさは結婚にも影響を及ぼし、王族としては珍しいことにオールロでは恋愛結婚が主流だった。それが臣下でも何ら問題はない。尤も、縁続きになるメリットがないから他国から縁談が持ち込まれないというのも事実なのだが。

故に、シシーナもいずれ国内の誰かに嫁ぐのだろうなくらいに楽観視していたのだ。兄姉に「あれは酒癖が悪い」「顔が趣味と違うから気に入らない」などと難癖をつけられて若干婚期を逃し気味ではあっても。

それでも暗黙の了解というか、当然の成り行きというか、リズの兄であり幼馴染でもある騎士のルマノと近々婚約に至るのではないかと想像していたのに……

ちなみにルマノとの間に恋愛感情はない。それはあちらも同じだと思う。ただ本当の兄のように慕っているだけ。

幼い頃から知っているだけに突然男性としては見られないけれど、きっと彼となら穏やかで優しい家庭が築けるだろうと予想していたし、不満はない。妹であるリズとはもちろん、彼らの両親とも上手く付き合っていけるだろう。

それなのに、その当の本人から、別の男との結婚が決まったと告げられた時の衝撃と言ったら。いくら異性として意識していなくとも、シシーナだって年頃の女だ。

そのうち一緒になるのだろうなぁと思っていた男から二人切りで話があると言われれば、ちょっとは期待してしまう。いよいよプロポーズされるのかと、跳ね返った髪を整え姿見で全身を確認したほどだ。

が、しかし、頬を赤らめ俯くシシーナに落とされた爆弾は被った猫を根こそぎ吹き飛ばしてくれた。

『おめでとう！　シシーナ様。ようやく良い縁談が纏まったんだって？　売れ残らなくて良かったなぁ！　余り者同士くっつくのも、どうかと思っていたから、俺も喜ばしいよ。随分遠くに行くことになるみたいだけど……幸せになってくれよ！』

そこには嫉妬も悪意も含まれてはいなかった。

本当に、可愛がっていた妹の巣立ちを見守るような……そんな手放しの祝福だけがあった。

デリカシーのないルマノの言葉に一瞬意識が飛びかけたシシーナだが、すぐに復活を果たし、今こうして詳細を知っているであろうバレシウスのもとに押しかけて来たという次第だ。

「相手がどなたか存じませんが、何故いきなり……」

「聞きましたよ、父上！　どこの馬の骨とも知れぬ輩になぞシシーナはやれません！」

「きゃぁっ!?」

扉を蹴破る勢いで部屋に飛び込んで来たのは、一番上の兄フィリオだった。

母レジーナに似てサラサラの銀髪にダークグレーの涼やかな瞳を持つ美しい長兄は、苛立たしげに頭を振った。

「大切なシシーナをむざむざ死地に追いやるなど……正気の沙汰とは思えません！」

「お、お兄様？」

聞き間違いだろうか？　今、物凄く恐ろしい単語を聞いた気がする。

シシーナは憤懣《ふんまん》やる方なしといった風情のフィリオを見上げた。

父親に似て平凡な薄茶の髪と、よくある緑の瞳を持つ自分とは似ても似つかない兄。そのフィリオの美貌は今、怒りで赤く染まっている。

「よりにもよって相手が悪名高きケントルムの皇帝だなんて……何かの間違いでしょう!?」

「……ふぇ？」

大陸の端に辛うじて国の体裁を保っているオールロと違い、ケントルムは近年メキメキと力をつけ侵略を繰り返して、今や並ぶもののない大国である。

最近、高齢だった前王が倒れて息子の一人が新王として即位したと聞いたが……はっきり言ってしまえば、世界が違い過ぎて関係ない。

別に敵対しているのでも、属国になっているのでもないけれど、あれほどの大国にとってはオールロなど、歯牙《しが》にもかけない――眼中にない国だろうに。そんな歴然とした差のある両国で、どうして結婚などという話が出るのか。

いくらシシーナでも王族にとっての婚姻が、繋がりを持ち権力維持のための手段であることは知っている。言わば外交の一つ。

こう言っては自分でも情けないが、オールロの、それも末姫など何の政治的価値もない。

これがもし、シシーナが絶世の美女であれば話は変わってくるかもしれない。色好みの権力者が手当たり次第に美姫を囲い込むというのは珍しくもなく、実際先代のケントルム皇帝は、一夜限りの相手を含めれば二千人の側室がいたとかいないとか。

だが、シシーナは平凡な容姿だ――と本人は思っている。

兄や姉たちは皆輝くばかりの美貌で、目が合えば男女年齢関係なく魅了されずにはいられない。母親と同じ神秘的な髪と瞳が中性的な容姿とあいまって、まるで神々の化身と讃えられるほどだ。

対して兄弟姉妹の中で唯一父親似のシシーナは、湿気を吸えばすぐに広がる薄茶色の髪に、小振りで小動物を思わせる顔立ちで、背も低く、全体的に小さい。

周囲にはそれが可愛いと思われているのだが、家族の美しさを平均と思い込んでいるシシーナには、自分が十人並みの容姿としか思えなかった。

それに、自己評価が低い理由はもう一つある。

「妻などいくらでも選び放題のケントルム皇帝が、未だに恋人一人できたことのないシシーナを見初めるなど、よからぬ思惑があるとしか思えません」

「お兄様、酷いわ！」

シシーナはこれまで一度たりとも恋をしたことが無かった。そしてされたことも。

ビックリするほどモテた試しがない。

オールロは男女交際や婚前交渉におおらかな土地柄だ。姉の一人は「ど田舎だから、他にすることがないのよ」なる暴言を吐いたが、あながち間違ってはいないかもしれない。ここにはまったくと言っていいほど娯楽がないのだから。

好き合う若い男女が一緒にいれば、自然とそういう流れになるのは仕方のないこと。まして遊びに行く場所もないとなれば。

そして国民との距離が近い王族も例に漏れず、自由に恋愛を楽しむ傾向にある。といっても身持ちが悪い訳ではなく、結婚すれば一途に伴侶を愛するけれど、それまでは遊ぶのもご愛嬌――勉強のうちと考えている。

だから兄も姉もそれなりに青春を謳歌していた。今は全員生涯愛すべき相手を見つけ、良い父や母になってはいるが、独身時代は様々な浮名を流したものである。

にもかかわらず――シシーナには浮いた噂一つ無かった。正確に言えば、言い寄って来る男がいなかった。

これが、シシーナが自信を無くした最大の理由だ。

――私には魅力がないのだわ。お兄様やお姉様は求婚者が後を絶たない状態だったと聞いているのに……！　挙げ句の果てには、いずれ結婚するものと思っていたルマノにも突き放されて……！

しかし実際には愛らしい彼女を射止めようと画策していた男は沢山いた。それらを秘密裏に排除していたのは、シシーナを愛して止まない兄と姉たちだ。

彼らは可愛い妹を取られてなるものかとあの手この手で妨害し続け、その結果、王族ならばとっくに結婚していてもおかしくない年齢になっても、シシーナは婚約さえ交わされていない事態に陥《おちい》ってしまった。

これはさすがにマズイと、フィリオが候補者の中では比較的条件の良いルマノとの仲を取り持とうとした矢先、ケントルムから結婚の申し込みがあり、現在に至る。

「明らかに裏があります。父上、どうかご再考ください！　しかも、ケントルム皇帝は現在二十八歳だとか……シシーナはまだ十八……まさか幼女趣味ではありませんか!?」

「私、これでももう大人です！」

別段十歳くらいの年の差は珍しくもない。だが何としてもこの話を潰したいフィリオは、シシーナの傷を抉るのを覚悟の上で切り出した。

特別幼い見た目ではないけれど、スラリと背が高い姉たちと比べるとシシーナは子供っぽく見える。だがそれは大きな瞳と身長が低いせいであり、出るべきところはちゃんと出ているし、大人として充分に肉体は成熟している。

「そういう噂は聞かないがねぇ……でもまたとない話じゃないか。一生食いっぱぐれることはないし、我が国としてもありがたい縁組だ」

「……っ、ではシシーナ本人の気持ちはどうなるのです!?」

息子の剣幕にもどこ吹く風の父親には何を言っても無駄と悟ったのか、フィリオは矛先をシシーナに変えた。

「お前も嫌だろう？　あんな大国に嫁いだら、側室やら愛人やらがひしめき合っているに決まっている。後宮の女の争いはえげつないぞ。辺境の田舎者など、いい物笑いの種だ。絶対に虐められる。そもそも世界中の美女を手に入れられる立場にあって、どうしてシシーナを欲する？　邪な考えがあるに違いない!!」

話の内容も恐ろしかったが、フィリオの鬼気迫る表情にも恐れをなし、シシーナは一歩後退った。

「父上は乗り気のようだが、僕は認めない。お前も本心を言っていいんだよ。ちゃんと守ってやるから！」

先ほどまではシシーナ自身も混乱し憤っていたが、目の前で別の人間がそれ以上に興奮していると冷めるものである。急に冷静になり始めた頭は、当然の事実を口にした。

「でもお兄様……オールロのような小国がケントルムに否を述べるなど不可能です……」

どういった経緯で持ち込まれた縁談かは分からないが、こちらから申し入れるということは、両国の格差上、有り得ない。ならば当然ケントルム側からきた話に決まっている。

とすれば、断ることなど不可能だ。

「そ、それは――そうだが、でも」

「あちらにとってはメリットがあるとも思えない婚姻だけどねぇ。たまには毛色の違う女性もいいと思ったのかもしれないね」

それが父親の言葉か、と心の中で脱力しつつ、シシーナは憂鬱に沈んで行った。

「人質……みたいなものかしら」

「そんな必要、ないと思うが」

大国のケントルムからすれば、オールロには警戒すべき武力も兵士もなく、まして戦いを挑むなど、大砲に棒切れを持って向かうようなものだ。そもそもオールロは反抗の意思も気概も持たないのだから、シシーナを人質にとってわざわざ牽制してくる意味が分からない。

「じゃあ何で……」

「やっぱりおかしな趣味が……」

「お兄様っ！」

表面上は怒りながらも、シシーナの不安は膨れ上がった。

心のどこかで、フィリオの言葉に頷いていたからだ。

「二人とも喧嘩はやめなさい。どちらにしてももう決まったことだ。急なのは重々承知だが、受けてくれるな？　シシーナ」

「お父様……」

こんな時だけ、しっかりとした為政者の顔になるのは狡《ずる》い。

天真爛漫、自由に育てられたシシーナにだって、王族としての矜持はある。民に対して義務を果たさねばならないのは分かっている。いざという時は、我が身を投げ打ってでも国と国民を守らなければならない。

「……慎んでお受けいたします……」

そう答える以外にどんな道があったのか。シシーナの心には陰鬱な雲が立ち込めていた。


それから話はトントン拍子に進められた。

身一つで来いと言わんばかりに準備期間もろくに与えられず、用意された馬車に詰め込まれるようにしてシシーナはオールロを後にした。拉致された、という表現の方が正しいかもしれない。

　本来であれば王族同士の結婚は、長い婚約期間を設け周辺諸国に知らしめつつ、花嫁修行に励むのが習わしだ。

　なのに慣例を完全に無視する形で、ケントルムの使者は甘い言葉と脅迫を交えつつ、異例の早さでシシーナを攫っていった。フィリオや他の兄姉が口を挟む隙もないうちに。

　唯一シシーナが望んで同行を許されたのは、リズだけだ。彼女以外は全て嫁入り道具から従者まで完璧に準備されていた。それらはどれも文句の付けようもない素晴らしいものであったけれど、慣れ親しんだものから引き離されるようで、シシーナは淋しかった。

「リズ……私どうなってしまうのかしら？」

「恐れながらシシーナ様……もはや腹を括《くく》るしかないかと」

　オールロではお目にかかれないような豪奢な馬車の中、シシーナは隅で小さくなっていた。向かいの席には、無表情のリズが座っている。

　この六頭だての馬車も、ケントルムから遣わされたものだ。フカフカのクッションに埋もれながら、内装のあまりの豪華さに幾度目か分からぬ溜め息をシシーナは吐き出す。

　高い技術を注ぎ込んだ結果か、御者の腕が並外れて良いからかは分からないが、馬車はほとんど揺れず、オールロとの国力の差をこんな場所でもまざまざと見せ付けられる。下手をすれば祖国では、王族であっても荷馬車に乗り込んでしまうような気取らなさがあった。あまりの違いにいたたまれない。

だからリズのいつも通りの冷静な受け答えに、シシーナの緊張がほんの少し解れた。

「そうなのだけれど……相手の本心が分からないというのは、どうにも不安なのよ」

いっそ地位や金銭目的と言ってくれた方が分かり易くていい。尤《もっと》も、シシーナにそれを望まれても困るのだが。

「お兄様が言ったように、私、後宮で虐められるのかしら……？　それともやっぱり……」

その先は口にしたくはない。

あの衝撃の日から今日までの短い間に、これでもかと耳にした情報が頭の中でグルグル回る。それらの出処の大半はフィリオだが、どれも嘘とは断じ切れない真実味があってシシーナを震え上がらせた。

曰く、ケントルムの現皇帝レオハルトは、色狂いの父親の血を引いたのか女を取っ替え引っ替えの遊び人で、英雄色を好むを体現する人物だとか。たとえ寵姫であっても、一度飽きれば塵のように切り捨てる血も涙もない冷血漢だとか。

中でもシシーナを震え上がらせたのは、毎晩処女を閨に引き込んでは純潔を奪い、翌朝には殺してしまう――という耳を疑う話だった。それも女が泣き叫ぶのを好む性癖があり、いたぶり尽くして命を奪うという。

　オールロとケントルムとの距離を思えば、噂が伝わって来るまでに尾ひれどころか尻尾《しっぽ》や鶏冠《とさか》が生えて、もはや魚ではない生き物になっている可能性もある。けれど、火のないところに煙は立たないのだ。そこには何らかの真実が含まれている気がしてならない。

　そう考えると、シシーナが選ばれた理由も何となく理解できる。

　一応は一国の姫。だが、ぞんざいに扱っても構わない遥か格下の存在。しかも男っ気がないから、生粋の乙女。

　一部の特殊な性癖を持つ人々には、堪《たま》らない条件らしい。

　更にフィリオが語った話によれば、シシーナの顔立ちや背の低さに興奮する輩も少なくないとか。

「リズ、まさか……とは思うのだけれど、レオハルト様は変た……」

「それ以上は言ってはなりません、シシーナ様。どこに人の耳があるか分かりませんから」

「そ、そうね。貴女の言う通りだわ」

　下手をすれば不敬罪で処罰されるかもしれない。それだけならまだしも、オールロ全体に被害が及ぶ恐れもある。

　シシーナは慌てて口を押さえた。やはりリズは頼りになる。

「ここまで来たら、もう相手が幼女趣味だろうが異常性欲者だろうが特殊性癖の変態でも、受け入れるよりほかありません」

「結局、言うんじゃない！　しかも私はそこまで思っていなかったわ！」

涙目で抗議すると、リズは「お静かに」とシシーナの唇を手で塞いだ。

「シシーナ様、ここは取り敢えず大人しくしていましょう。騒ぎ立てても無意味です。それならば敵の懐深く入り込み、一瞬の隙を突いて仕留める方が確実です」

――え？　私いつから暗殺に行く話になったのかしら？

鼻も塞がれたせいで呼吸が苦しい。リズの手の平を引き剝がしながら、酸欠で霞むシシーナの頭は疑問符でいっぱいになった。

「ご安心ください、シシーナ様。何があろうとリズはお傍におりますよ」

その言葉に思わずホロリとしてしまったのは、それだけ心が弱っていたからだろう。もはやこの世に味方はリズただ一人という気もしてくる。

「リズ……そうね。貴女がいてくれたら、きっと私耐えられるわ。ずっと傍にいてね」

「もちろんでございますとも。こんな面白……いえ、大変なシシーナ様を見捨てるなどいたしませんわ」

「待って！　今、面白いって言おうとしたわよね!?　貴女楽しんでいるでしょう!?」

「気のせいですよ。ご結婚を前にして、気が高ぶっていらっしゃるのでしょう。少しお休みになってはいかがですか？　道中はまだ長いですし」

珍しく微笑んだリズの顔には、不吉な影しかない。やはり、頼れるのは己のみかもしれない。

今はもう山の向こうに見えなくなった故郷を思い、シシーナは我が身を嘆いた。

2. 初めまして、旦那様

人生初の長旅は、疲れたけれど想像よりも苦痛は少なかった。だが地面に降り立った瞬間ホッとしたのだから、やはり気を張っていたのかもしれない。

シシーナは揺れない大地を踏み締めて、オールロとはまったく違う空気を胸いっぱいに吸い込んだ。

「遠路はるばる、ようこそ我が国へ」

馬車を降りた瞬間、まさか皇帝直々に出迎えられるとは思っていなかったシシーナは目を見開いた。

眼前にはこちらへ手を伸ばし、艶やかな笑みを浮かべる一人の男。

周囲には数え切れないほどの騎士や楽団が整然と並び、その背後に聳《そび》え立つのは天使や賢人の彫像に飾られた巨大な城。見渡せぬほど広い庭には、意匠を凝らした幾つもの彫刻や噴水があった。

それら全てが、シシーナを威圧する。

オールロでは国民全部を集めても、こんなに沢山の人はいないかもしれない。それだけの数の目がシシーナ一人に注がれているのを意識して、脚が震えるのを抑えることは難しかった。

その中心で強い光を宿した視線を向けてくる人物は、明らかに他者とは一線を画している。

生まれながらに人を従わせる覇気を持ち、他とは違う存在感が異彩を放つ。シシーナの視線は自然と吸い込まれていった。

黄金の髪に、海と同じ深い碧を湛えた瞳。目を奪われずにはいられない美貌。すっきり通った鼻筋に切れ長の目が冷たい印象を抱かせるけれど、誰もが彼を美しいと言わざるを得ないだろう。

物語に出てくる王子様そのもの。いや、逞しい身体つきが良い意味でそれを裏切っている。

兄の美しさを見慣れているせいで、シシーナは『美』に関する基準が狂っているのだが、それでも綺麗だと思った。

が、同時に怖かった。

シシーナにとって男性とは父やルマノのようにホンワカしているか、フィリオのように中性的な人のことだ。だから、レオハルトのいかにも男らしい魅力に少々気圧されてしまっていた。

射るようにシシーナを見詰める鋭い眼差しも恐怖の対象でしかなく、長い手足とそれに見合う大きな身長に見下ろされ、何故か巣穴から出た瞬間天敵に発見された小動物のような気分を味わう。

「本来ならば、直接オールロまで迎えに行きたかったのだが……すまない。長く国を空けるのは難しくて、こうして待つよりほか無かったのだ」

シシーナの手に頬ずりせんばかりに赦しを請う男は、熱を秘めた瞳を細めた。笑顔……なのだろうか。それにしては瞳が笑っていない。

「そ、そんな……そこまでしていただかなくても」

逆に複雑だ。むしろ後宮に入っても、捨て置かれる可能性を考えていたのだから。できればそうであって欲しいという希望的観測が根底にあるのだが、初夜さえ生き延びれば後は安泰なのではないかと期待していた。噂通りの人物ならば、一人の女に執着するとも思えない。

だが、今シシーナを見るレオハルトの瞳からは不穏なものを感じずにはいられなかった。

「ああ……この日をどんなに待ち望んだことか……ようやく君を手に入れられる」

——喰われる。

シシーナの小動物的な性は、直感的に警鐘《けいしょう》を打ち鳴らした。

性的な意味ではなく、食欲の方面での危険を感じる。

怒涛の勢いで思い起こされるのは、ろくでもない噂の中でも特に酷いものだ。

――獅子王は戦場にて人を喰らう。だからこそ鬼神の如く強く不死身なのだと――

「……っ、」

初めて目にしたレオハルトは、獅子王の異名に相応しい見事な金髪をたなびかせていた。そして肉食獣の猛々《たけだけ》しさも。まさに、しなやかで何者にも媚びない野生の獣。戦の最中返り血を浴びて嗤う彼は、忌まわしくも美しい――

ゾクリと背筋が震えた。身体の震えを気取られないようにするのが精一杯で、浅く呼吸を繰り返す。

それでも、彼が自分の夫になる人なのは間違いない。今すぐは無理でも、何とか慣れてゆかねばならないのだ。それもこれも生きていればという注意書きが付くのだが、それは全力で無視する。

それに案外優しい人かもしれないという可能性だって残っている。現にこうして自ら出迎えてくれるくらいには歓迎してくれているのだろうし。

そう強引に思い込み、シシーナは無理やり自身を鼓舞《こぶ》した。

「緊張しているのか？　どうか君の可愛らしい声をもっと聞かせてもらえないだろうか？」

甘い囁きさえ、シシーナには命令に聞こえてしまった。

「は、はいぃっ、ふつつか者ですが、どうぞ可愛がってやってくださいませ！」

本当ならきちんと礼を取り優雅な挨拶を交わす予定で、その準備や予行練習も重ねて来たのだが、そんなものは一瞬のうちに遥か彼方へと飛び去ってしまった。もう頭は真っ白だ。

「もちろんだよ、シシーナ。君は永遠に私のものだ」

だがその言葉は、噂を知るシシーナには死刑宣告にしか聞こえない。

――ま、まさか抹殺宣言ですか……!?

グラグラと揺れる視界は、明るい陽光の下であるのに翳ってゆく。美しい花々でさえ妖花の如く禍々《まがまが》しい。取り囲む人々の顔に、見えない仮面がある気がしてならなかった。

「早速案内しよう。これからはここが君の国となる。どうか王妃として私を支えて欲しい」

「!?」

とんでもない言葉が、今聞こえた気がする。

シシーナは自分の立場は、良くて側室の一人、悪ければ人質だと思っていた。だから扱いもその程度のものと覚悟していたのに、レオハルトがサラリと言ってのけた言葉は、想定の範囲外だった。

「あ、あ、あの、今……何と仰いました?」

声が震えるのなど、どうでもいい。それどころじゃない。もしかしてこれは今王都で流行っている冗談だろうか。それとも質《たち》の悪い嫌がらせ?

じんわり滲んだ冷や汗が目に沁みた。

「シシーナ、民に対してのお披露目はもう少し先になるが、今日から君は私の正妃になってもらう」

聞いてない、と叫ばなかっただけシシーナは自分を褒めてやりたい。

あり得ない。それを言うならこの結婚自体が最初からおかしいのだが、あまりの事態に脳が思考を放棄した。

「さて、こんな屋外で立ち話をしていても仕方ない。城の中に入ろう。私の母を紹介する」

パクパクと口を開け閉めしている間に、レオハルトに取られたシシーナの手はすっぽりと彼の手の平へ収まり、簡単に振り解けそうもない。ぐっと近くなった距離で、心臓が飛び上がる。微かに香るレオハルトの匂いは嫌いな物ではないけれど、兄とも父とも違う異性の香りに緊張する。

反射的にシシーナが強張ったのを察したのか、レオハルトは微かに眉を顰めた。

——怒らせた……!?

口では言えない残酷な方法でいたぶられる自身の妄想が頭の中に広がる。こんな時は想像力豊かな己が疎ましい。口の中がカラカラに渇いて、呼吸が乱れた。

「あ、私……っ」

「……これは失礼した。長旅で疲れているだろうに、申し訳ない。あまりに楽しみにしていたから、少々浮かれてしまったようだ」

壊れ物に触れるように、レオハルトの手がシシーナの頬を撫でる。その優しい感触に僅かに勇気付けられ、殴られると勘違いして咄嗟に瞑ってしまっていた目を恐る恐る開いた。

だが、彼の表情をもう一度見る勇気はもはや持てなかった。

「まずは旅の疲れを癒すといい。空腹ではないか？」

――気を遣ってくれているの？　……まさかね、こんな小娘に。

「い、いえ、大丈夫です。全てレオハルト様のお心のままに」

今度はちゃんと答えられたはずだ。王族らしい振る舞いも完璧だったと思う。

会心の作り笑いに満足して視線を上げれば、先ほどよりも険しい瞳と目が合った。

――え!?　何で？

動揺がそのまま表れたのか、シシーナの瞳はたちまち潤み身体は盛大にプルプルと震え出す。それを見て、レオハルトは軽く溜め息を吐くと表情を和らげた。そうすると険しい色はなりを潜め、多少は優しそうに見えなくもない。

だが今しがた目にした厳しい雰囲気を完全に無かったことになど、シシーナにはできない。恐怖は既に根深いところへ巣くってしまった。もうレオハルトの一挙手一投足に怯えてしまう。

「無理はしなくていい」

「滅相もありません。どうぞ会わせてくださいませ！　皇太后様がお待ちでいらっしゃるのでしょう？」

到着早々、悪い印象は抱かれたくない。ただでさえ辺境の田舎者と蔑まれているのは想像に難くないのに、これ以上常識も知らぬ愚か者と侮られるのは御免だった。

それにシシーナが見下されるというのは、そのままオールロそのものが馬鹿にされるということになる。それは、許せなかった。

小刻みに震える脚をしっかり踏ん張り、シシーナは渾身の力でもってレオハルトと目を合わせた。

最悪でも、罰は自分だけで済むように。

「……君がそう言うなら、軽く目通りを済ませてしまおう」

先に逸らされたレオハルトの瞳には、一瞬傷付いた色が浮かぶ。けれどそれは彼が背を向けた直後、膝から崩れそうになるのをリズに支えられて耐えていたシシーナの眼中には入らなかった。それよりも、口から飛び出しそうな心臓を抑えるだけで精一杯だ。

「シシーナ様、ご立派でした」

「リズ……私の首はまだ胴体に繋がっている？」

「もちろんでございますとも。オールロの姫として、恥ずかしくない振る舞いでしたよ」

二人だけに聞こえる小声で語り合い、生まれたての仔馬状態の脚を何とか前に動かす。生きた心地もしないとはこのことかもしれない。だが、どうにかこうにか第一関門は突破したようだ。

次は義母となるお方との面会ということか。

そして案内された城内で、まずシシーナの目を釘付けにしたのは、絢爛《けんらん》豪華な階段だ。踏むのが勿体ないほど磨き抜かれ、黄金の手摺りには手垢の一つも付いていない。階上に伸びるそれに促され頭上を見上げれば、くまなく描かれた天井画が荘厳な存在感で見下ろしてくる。

「すごい……」

開けたホールの壁も床も全てが芸術品めいて、目映《まばゆ》いばかりに光り輝いていた。

さすがのリズさえ息を呑んだのが窺える。オールロとは何もかもが違っていた。比べることさえ申し訳ないほどに。

「気に入ってくれたかい？　もし希望があれば、シシーナの好きなように改装しても構わないよ」

「とんでもない！」

　恐れ多いのだけが理由ではなく、シシーナは頭を振った。

「これらは全て民の納めた税金で賄っていらっしゃるのでしょう？　私ごときが勝手な思い付きでどうにかしていいものではありません！」

　それに代々重ねた歴史の重みというものもある。

　オールロでは物流が滞ることも少なくないので、物は大事に長く使い込むのが常識だ。気に入るとか入らないとかよりも、丈夫で長持ちする方が大切なのだ。

　思わず声高に主張してから、シシーナは我に返った。

「……!!　も、申し訳ありません……！　生意気な口をきいてしまって……！」

　家族にも「お前は一言多い」といつも注意されている。感情が表に出やすいのは、時に欠点に成り得るとも。発言する時には一呼吸置くようにと常々言われていたのに、こんな場で悪い癖が出てしまった。

「いや、シシーナの言う通りだ。……やっぱり君は変わらないな……」

「？」

　レオハルトの微かな呟きをシシーナは聞き逃してしまった。聞き直そうか迷っているうちに、改めて手を握られる。今度は「エスコートしても？」と断りが入れられたお陰か、素直に身を任せるのに成功した。

敷き詰められた絨毯は足を取られそうなほど毛足が長く、繊細な紋様が施されており、その上を歩くのが申し訳なく思える。きっとこれ一枚で、オールロの民が一年楽に生きられるくらいの値段がするのではないか。それにさりげなく飾られた絵画も、確か天才と名高い芸術家の手による物だと思う。

――どうしよう。間違えて触って、壊れたりしたらどうすればいいの……！

ただ歩くだけでも精神をゴリゴリ削られる。

オールロを守るという責任感だけで、フラつきながらもシシーナはレオハルトの指し示す扉の前まで辿り着いた。もうその時点で、体力も精神的重圧も限界に近いが『やっぱりやめます』などとは死んでも言えない。引き返せる段階など、とうの昔に通り過ぎている。

「母上、レオハルトです。我が花嫁をお連れいたしました」

「お入りなさい」

恭しく開かれた扉の奥、正面に座る婦人と目が合い、シシーナに緊張が走った。

一目で、彼女がレオハルトの母にしてケントルムの皇太后であると分かる。

気品ある顔立ちは美しく、結い上げられた黄金の髪が日の光を受けて輝き、細い首が優美に傾げられた。

「待ちくたびれたわ」

「申し訳ありません。ようやくシシーナと出会えた喜びに、少し話し込んでしまいました」

とても大きな子供がいるとは思えぬほど、艶やかな華やかさと張りのある声。シシーナの母、レジーナとも違う強い生命力を感じて、鼓動が速まる。

——このお方が……

さすがは獅子王の生母というか、女傑の表現がピッタリと当て嵌まる。身体つきこそ細いが、身の内に宿る魂の強さまでは隠し切れていない。女と侮り油断すれば、途端に首筋に喰らいつかれるだろう。

彼女はあまり身分の高くない出であったが、その美しさから前皇帝に見初められ輿入れしたと聞いている。寵姫の一人に過ぎなかったけれど、自身の才覚でのし上がり最終的には息子が王になったことで国母の椅子に座った。

「お初にお目にかかります……オールロの王バレシウスが娘、シシーナと申します……」

最上級の礼をとりつつ、シシーナの頭は大混乱中だった。

何だか着々と外堀を埋められている気がする。そもそも、正妃って何だ。どこで間違えた？

じっくりとシシーナを検分する皇太后の視線を感じながら、もしここで粗相をしてしまったらどうなるのかと考え背筋が凍る。だが、いっそ息子の嫁には相応しくないと落伍印を押された方が楽かもしれない……と流されそうにもなった。今なら返品されても構わないし、国の皆も許してくれる気がする。

「あら……思ったよりも小さなお嬢さんなのね。レオハルトったら、待ち切れなかったのかしら？」

「畏れながら母上、シシーナは成人をとうに迎え十八歳です」

「そうなの？　ではすぐにでも孫の顔が拝めるかもしれないわね」

「……!?」

――認められた……!?

そんな馬鹿なと顔を上げれば、優雅に口元を扇で覆う皇太后とバッチリ視線が絡んだ。赤い唇が弧を描く。

「よろしくね、シシーナ。私は残念ながらレオハルトしかもうけられなかったけれど、貴女には沢山産んでいただきたいわ。だってこの子ったら、後宮は解散させるなんて言うのよ？」

「母上……その話は、また後ほど。ではシシーナ、行こうか」

「？？」

聞きたいことは山ほどあるが、自分から問いかけるなど不遜な真似はシシーナにはできない。本来であれば立場上、直接口をきくのも躊躇われる間柄だ。

口の中が渇き切って、頭がぼんやりする。もう心臓の音がうるさ過ぎて、ろくに物音も聞こえない。

リズに助けを求めたくても、彼女は皇太后の部屋へは入れなかったため、扉の向こうで待たせている。

立て続けに受けた衝撃で、シシーナの頭は飽和状態だ。半ば引きずられるようにしてレオハルトに連れ出され、皇太后との謁見は終了した。

「当然だが、母上もシシーナを気に入ったようだ。安心したよ」

「は、はは……それは良うございました？」

「もう少しだけ頑張ってもらえるだろうか？　できればこれから先、君を支え守る者たちとして私の信頼する側近を紹介したいのだが」

「え、ええ。もちろんですわ」

上機嫌のレオハルトの気分を損ないたくなくて、必要以上にうなずいて同意を示した。振りすぎた首が少し痛い。

「本音では、他の誰にもシシーナを見せたくはないんだがね……まして男になんて。まぁ、仕方ない。そうは言っていられないしな。――じゃあ、こちらに」

促された別の広間には沢山の男女が膝をついていた。

玉座に座ったレオハルトは威厳たっぷりに、彼らを睥睨《へいげい》する。

シシーナはその隣に置かれたやや小振りの椅子へ座るよう促されたが、分不相応な気がして居心地が悪い。しかも深く腰掛けると床に足が付かなくなってしまうから、中途半端に浅く座ったせいで腹筋が辛かった。

――長い時間座っていたら、お腹が攣《つ》りそう……！

それでも何とか背筋を伸ばし彼らを見詰める。皆、ピクリとも動かず頭を下げている。見下ろすことに慣れていないシシーナは口元が引き攣るのを抑え切れなかった。

「顔を上げよ」

許しを得て、一斉に上がった顔を見て、シシーナは思わず口を開いていた。

「随分、お若い方々が多いのですね」

オールロでは重鎮と呼ばれる者たちは、皆かなりの高齢だ。若手と言われても、四十代は越えている。それがケントルムでは、騎士団長や宰相と思しき位置にいる人物もほとんどが三十代前後。白髪の混じる年齢層の者もあったが、ほんの数人だ。これは随分珍しいのではないだろうか。

「歳だけ重ねていても、使い物にならないならばケントルムには必要ない。まして権力を利用して暴利を貪るような輩は害虫でしかない。父の代から巣くう悪い慣習はいつか一掃しようと思っていたんだ。だから私が戴冠し、機が熟したのを見計らって粛清《しゅくせい》したんだよ。お陰でシシーナとの結婚に不満を漏らしていた者も事前に排除できた」

満面の笑みで語られた内容は、優雅さとは裏腹に血生臭く、底知れない冷徹さに満ちている。

――怖過ぎる……っ、つまり、意のままにならない者はもうこの世にいないということ……？

きっとこの人はシシーナが気に入らない行動をすれば、同じようにするのではないだろうか。それだけではもの足らず、オールロを滅ぼそうとするかもしれない。もう一瞬も気が抜けない。足元から忍び寄る冷気がシシーナの背筋を震わせた。

「可愛いシシーナ。早く名実共に君を私のものにしたい」

――それって、どういう意味……!?

レオハルトの唇がシシーナの手の甲に口づけを落とし、離れるのが惜しいとばかりに指で撫でられる。他者の指先が自分の指の間に入り込む動きは淫らなものを連想させ、酷く卑猥だ。

眩暈《めまい》を堪《こら》えていると温かい舌が関節を滑り、軽く歯を立てられた。

「……っ、ん……ッ」

擽《くすぐ》ったいのに、初めて知る感覚が身体を火照らせた。

見目麗しい男が、自分の指をねぶっている。その倒錯的な光景が目に入り、頭を沸騰させた。

こんなことをされたのは当然人生初で、どう反応すればいいのか分からない。取り敢えず、物凄く恥ずかしいことをされている気がする。

大勢の目に晒されながら、レオハルトが満足するまで手を舐められる。執拗に一本一本指を舌で擽られ、袖口から侵入する不埒な指先が手首の肌を柔らかく刺激した。

——ヒィ……ッ!!　味見……？　味見ですか……!?

食べても美味しくないですよと口走りそうになるが、引き攣れた喉は悲鳴さえ発せなかった。

「ふふ……赤くなって、可愛らしい。ああ、我慢できなくなりそうだ。でも、お楽しみは後にとっておこう。辛いけれど、記念すべき初夜まで待つよ」

笑顔の奥で、レオハルトの獰猛な瞳がギラリと光った。

恐ろしい宣言に、それまで命が保証されたと喜ぶべきか、期限が切られたと嘆くべきか分からない。シシーナはにこやかな仮面で受け流し、混乱する思考を落ち着けようとしていた。

——大丈夫、まだ最悪な事態にはなっていないじゃない……！　心を強く持つのよ、私！　オールロの皆のためにも！

シシーナの渾身の笑顔を見て、レオハルトは機嫌が良さそうに相好を崩す。

「楽しみだ。早くシシーナの花嫁衣装が見たい。純白のドレスに身を包んだ君はさぞ美しいだろう……それを私の色に染められるのかと思うと、興奮が抑えられないな」

意味深にシシーナを撫る手が、名残り惜し気に離れていった。

一瞬、意識が飛んでいたのか、次に気がついた時には見慣れぬ部屋に立っていた。どうやってそこまで辿り着いたのか、まったく記憶にない。

そこは、広々として日当たり良好、置かれた家具は白と黒を基調にした落ち着きある物でまとめられ、どれも価値の高い物だと分かる。余計な装飾は少ないけれど随所に施された銀細工からは、趣味の良さを窺えた。

その部屋でシシーナは傍に立つレオハルトに腰を抱かれ、不思議なものを見ていた。

「ここが私の寝室だ。そして……」

もうこれ以上の衝撃はないだろう――だが、そんなシシーナの甘い考えは、次に発せられたレオハルトの一言によって木っ端微塵に砕かれることになる。

「この中が君の部屋だよ」

「ふ、ぇ？」

自分の目がおかしくなってしまったのだろうか。

何故ならここはレオハルトの私室と聞いた場所だ。

オールロ城で一番大きかった部屋の何倍も広く、贅を尽くした内装に絵画と家具が彩りを添え、活けられた花さえ格が違う、重厚感漂う室内。

が、ただ一つの齟齬《そご》が全てを台無しにしている。

シシーナの視線は、今ここに在るはずのないものに釘付けになっていた。

部屋の真ん中に鎮座するのは、蔦を絡ませる細工を施された巨大な鳥籠《とりかご》。天辺には天使を模した飾りが優美に設《しつら》えられている。入り口と思しき場所には簡単に外せそうもない大きな錠がかかり、内部には寝心地の良さそうな寝台が置かれていた。その周りには可愛らしくも品の良い鏡台やテーブルが配置されている。どれも猫脚で曲線が美しく、いかにも女性好みなそれらはシシーナが一番好きな淡い緑色で纏められていた。

色味の少ない部屋の中、ともすればそこだけが温かみのある温室にも見える。だがその一画を取り囲むのは、鉄の柵《さく》。

「この中が今日から君が暮らす場所だ」

彼が示しているのはどう見ても、檻。無駄に豪華な牢獄《ろうごく》である。

シシーナは「ご冗談を」と言おうとして、レオハルトの瞳を見たことを心底後悔した。そこには、見間違えるはずのない本気が宿っている。

「そしてこれが私からの最初の贈り物」

ジャラリ、と金属音が聞こえ、足首に冷たい重みがかかった。

ぼんやり見下ろした先には、何故か跪《ひざまず》くレオハルトがいる。そして自分の足首には見慣れぬ物体。エンゲージリングならぬ足環《あしわ》は、周囲に宝石を埋め込まれ、鉄ではなく金で作られていた。そのものだけ見れば、文句なく美しい。繊細な彫刻まで施されていて、芸術品と言われれば信じてしまう。その先に、鎖さえ繋がっていなければ。

「……!?」

愛おしいものを扱う仕草で、レオハルトの手がシシーナの脛《すね》を撫で上げた。ドレスの裾を捲られたことより、熱い指先の感触が恥ずかしい。

混乱したまま一歩退こうとしたが、レオハルトの手の中にある鎖がそれを許さなかった。ガシャンッという衝撃に足を掬われ、後方に倒れかかるのを支えてくれたのは逞しい身体。刹那、彼の呼気が首筋を炙った。

「……っ」

「気を付けなさい。勝手に怪我をするのは、許さないよ」

間近で覗き込んできた青い瞳には、純度の高い焔が揺れていた。微かに唇が額に触れ、怯えとは違う震えが駆け抜ける。視界いっぱいの美貌が金糸に彩られ、彫像のように整った容姿に鼓動が跳ねた。

「明日の結婚式が楽しみだね……その後は、忘れられない夜になりそうだ」

自分のものとは違う硬い身体に抱き寄せられ、ほんの一瞬夢見心地だったシシーナの意識は現実に戻された。

——私の馬鹿っ！　見惚れている場合じゃないでしょう!?

背後からリズの冷たい視線を感じるのは、きっと気のせいじゃない。

このままではまずい。生存本能に従い、黙っていては死亡一直線だと悟ったシシーナは勇気を総動員してレオハルトに向き直った。

「あのっ、僭越ながら……部屋とはそれぞれ壁に区切られているものだと思うのですが……っ！　それから、コレは何の冗談でしょう……!?」

獣じゃあるまいし、悪い夢に決まっている。シシーナは実際に目にしたことはないけれど、かつては奴隷と呼ばれる者たちがいて、自由を奪われ、土地や誇りも蹂躙され、死ぬまで隷属を強いられたと聞いている。

ケントルムにはその制度が残っているのか。そう考えると戦慄《せんりつ》が走った。

結婚という名の人質などまだ甘い考えで、自分はこれから奴隷として虐《しいた》げられる運命にあるのかもしれない――

目の前が真っ暗になる。助けを求めたくても、愛しい家族は遥か辺境の地。味方は誰もいない――

だがそこで、絶望に染まりそうになったシシーナの脳裏に閃光の如く閃いたのは、リズの無愛想な顔だった。

――そうよ！　私には心強い味方がいるじゃないっ!!

高速で振り返った先には、生温かい眼差しでこちらを見詰める友。

そしてその瞳は雄弁に語っていた――『シシーナ様、面白いです』

――裏切り者ぉぉっ！

心の中の絶叫は、確実にリズに届いたはずだ。何故なら肩が震えている。閉じられた唇もよく見れば痙攣している。

――今私を助けないで、友達って言えるの!?

「どこを見ている？　私といるのに他に気を取られるなんて、いけない子だ」

「え？　……きゃっ」

突然レオハルトに横抱きにされたシシーナは、普段よりも高い目線に驚き、思わず彼の首へ腕を回した。

乙女ならば、誰でも一度は憧れるシチュエーション。だが無粋な足枷《あしかせ》からチャリ、と鳴る金属音は、シシーナに夢見ることさえ許さない。

「やっぱり閉じ込めなきゃ駄目みたいだね。そうでなきゃ、君は逃げ出してしまいそうだ」

「逃げるなんて……」

そんなつもりはない――とは言い切れなかった。本心では全速力でオールロに帰りたい。あの、穏やかな時間が流れる場所に戻って家族に会いたい。望んでそれが叶うなら、喜んで何でもする。

だが、じっとレオハルトに見つめられ、身動きがとれなくなってしまった。迫りくる闇がシシーナを押しつぶそうと密度を濃くし、感じた息苦しさに小さく喘ぐ。

シシーナの迷いを感じ取ったのか、レオハルトが唇を歪めた。

「愛しているよ、シシーナ。この鳥籠の中で可愛らしく鳴いておくれ?」

――もう、間違いない。確実にこの男は壊れている。

シシーナの疑惑が確信に変わった瞬間だった。

重々しい錠の下ろされる音が、確かに聞こえた。

3．初夜という名の戦場

「とてもお綺麗ですよ、シシーナ様」

シシーナの髪へ香油を馴染ませ、ブラシで丁寧に梳《くしけず》ったリズは満足げに頷いた。

「よくお似合いですわ」

「……本気でそう思ってるの？」

我ながら低い声だとシシーナは思う。とてもこれから人生一度きりの初夜に向かう花嫁のものではない。

昼間に執り行われた結婚式は滞りなく終わり、それはもう、この世の贅を全て集めたかのような絢爛さだった。

近隣諸国からはもちろん、シシーナが聞いたこともない遠方の国々からも祝いの品が山と届けられ、この結婚への注目度を改めて思い知らされたが、気疲れだけが残る、憂鬱《ゆううつ》な時間だった。

けれど、見たこともない美しい純白のドレスを着られたことだけは嬉しかった。

オールロにいた頃には絶対にお目にかかれなかった、最高級のドレス。レースでつくられた薔薇が胸元を飾り、淡い光沢がしなやかに身体に添う。下にいくほど広がる裾はたっぷりとしたパニエで広げられ、背の低いシシーナによく似合っていた。ヒールが高い靴なのに歩き易いのには感動したし、滑らかな手袋も気持ち良かった。

頭上に飾られたティアラは繊細で小振りなのが好ましく、東洋の国で採れる真珠の美しさには感嘆の溜め息が出るほどだった。

あの時、鏡の中から見返してきた自分は別人のようで、手を上げたり口を開いたりして何度も自分であることを確認してしまった。奇跡的に髪がまとまり、理想通りの形を保ってくれたのも良い思い出だ。

その中で不意にシシーナは祭壇の前で彼女を待つレオハルトを思い出す。

——ま、まぁ、あの時は、少し見惚れてしまったけど。

ほどよくついた筋肉と長い脚が、白い衣装により一層際立っていた。合わせたベストだけが群青なのも、妙に艶かしく目を射った。

直前まで恐怖に震えていた癖に、教会のステンドグラスに照らされて誓いを述べた時は、不覚にも感動を覚えてしまっただなんて……我ながら単純過ぎる。

「百面相は終わりましたか、シシーナ様。私はこれにて失礼いたしますね。どうぞ明日の朝、元気なお姿を見せてくださいませ」

そう。実際は、今夜生き残れるかどうかの瀬戸際なのだから。

「え⁉　一緒にいてくれるのではないの……？」

「残念ながら、私は見届け人ではありませんから。それともシシーナ様は、私に新婚初夜の営みを一部始終見られたいのですか？」

「そんな訳ないじゃない！」

一瞬、寝台の上でくんずほぐれつの自分とレオハルトを、虫を見る目で見下ろすリズを想像してしまった。眉一本動かさなそうで、非常に怖い。

「そういう訳で、私が手助けできるのはここまでです。後はご武運をお祈りいたします」

「酷い……！　私、今夜殺されてしまうかもしれないのに……！」

「その心配は、おそらくないと思いますがね……」

遠くを見ながらリズは呟いた。妙に確信めいた言い方が癇に障る。所詮他人事だと思っているのか。

「何故そう言えるのよ？　リズだって聞いていたでしょう？　レオハルト様は気に入らなければ、国の要職を担う者でも容赦しないのよ⁉」

「それは少し、違う気もしますが」

「それに、問題はコレよ！」

腹立ちのあまり振り上げた手が捉えたのは、周囲を取り囲む無粋《ぶすい》な鉄の檻。

内部は決して狭くはない。だが心理的な圧迫感から、押し潰されそうになる。

「どこの世界に妻を鳥籠に閉じ込める夫がいるのよ!? しかも、何コレ? 特注!?」

ガッチャガッチャと柵を揺らそうとしても、根元がしっかり溶接されているせいで、ビクともしない。

出入り口の鍵を持つのはレオハルトただ一人だ。

結婚式が終わるなりシシーナはまた部屋に閉じ込められてしまった。

「こんなの、まるで奴隷じゃない! しかも足枷って……! お兄様の言っていた通り、おかしな趣味があるとしか思えないわ……っ」

さすがに結婚式の間は鎖は外されたが、優美な枷は足首に嵌められたままだった。たとえ誰かに見られても、高価な飾りとしか思われなかっただろうが。

「奴隷と言うよりは、愛玩動物と言った方がしっくり来ます」

リズの暴言に、もはや『失礼ね!』と憤る元気もない。

実際、リズの言う通りだからだ。

本来一番寛げる寝室のど真ん中に据えられた檻は、グルリと一周どの角度からでも内部が全て丸見え。これがもし、もう少し小さくて中に置かれた物が人の使う家具でなければ、大型獣の飼育檻と思ったかもしれない。

一人で眠るには大きすぎる天蓋《てんがい》付きのベッドの支柱から伸びる鎖は、シシーナの細い足首へ続いている。その長さは、鳥籠の中を動き回るのに支障がない程度にある。ただ仮に出入り口の鍵が開いていても、外へ続く格子の扉まではギリギリ届かない。

「こんな真似しなくても、逃げたりしないのに……っ」

もはや故郷は遠い幻となり果てたシシーナに、行き場所などありはしないのだから。

それに、たとえ逃げたとしてもレオハルトの怒りを買って大切なオールロが焦土と化しては意味がない。だから、シシーナにはこの地で生きていくほかに道はないのだ。

「逃げるかどうかの心配だけではない気がします」

「じゃあ何？　やっぱり趣味？」

まさかこの中で縛られたり、叩かれたりするのだろうか。シシーナはフィリオがこっそり所持していた怪しげな本に書いてあった内容を思い出す。

確かそこには、溶けた蝋燭を垂らされ、天井から吊るされた肌を露わにした女性が図解と共に載っていた。何て酷い拷問かと思ったが、恍惚とした女性の表情が脳裏から離れず、初めて見てしまった時は恐ろしく数日眠れなかったし、子供心にお兄様は悪魔にでも取り憑かれたのかと心配してしまった。

さすがに大人になった今では、それも一つの趣向だと分かっている。仲睦まじい兄夫婦がどんな夜を過ごしているのか想像してしまって、複雑な気持ちにもなったが。

いや、今そんな過去のことはどうでもいいのだ。大切なのは、今夜。あとしばらくすればやって来てしまう試練の時。

無駄な足掻きと知りつつも、目は逃げ道を探してしまう。たとえ今夜行われることから逃れられたとしても、事態は変わらないというのに。

だが、視線を巡らせたことで逆に嫌な事実に気付いてしまった。

――ここ、人を吊るすのに理想的な形じゃない？

「嫌ぁぁぁあっ!!」

「シシーナ様、お気をしっかり!!」

リズに手を握られ、背中を撫でられる自分の何とみっともないことか。しかも身につけているのは、ほとんど透けてしまっている薄い布地一枚。もはや着ている方がいやらしいのではないかと思えてくるネグリジェだ。

胸の前で結ばれたリボンは柔らかなピンク。裾の長さは足首まであるけれど、胸の下から左右に開く仕様になっているため身体を隠すという意味を成さない。

普通に立っていれば、はだけることはないが、少し動いただけで臍《へそ》はもちろん脚も下着も露わになってしまい、何とも扇情的だと思う。

「細かいことはさて置き、服の趣味は悪くないのではないでしょうか。シシーナ様の愛らしさだけでなく妖艶さも引き出していますよ。それにこの部屋……と言うか、檻の中はシシーナ様のお好きなものが揃えられているのではありませんか？」

リズの言う通り、家具や小物はシシーナの好みのものばかりで文句はない。これがきちんとした一室に収まっていれば、シシーナは何の不満もありはしないのに。

「そう……だけど、でも」

「それでも少々異常であることには違いありませんが」

「やっぱりそう思っているんじゃない！」

「さて、お喋りもこれくらいにいたしましょうか。シシーナ様の緊張もだいぶ解れたようですし」

「ちょっと待って……！」

どうやらリズなりに気を遣ってくれていたらしい。それは嬉しいけれど、絶対に方向性が間違っている。

しかも、もう用事は終わったとばかりにアッサリ立ち去る様子が恨めしい。いくらシシーナが追い縋っても、とりあってはくれなかった。

一人っきりにされたシシーナは檻の中をウロウロした後、結局長椅子に腰掛けた。寝台に座っていては、何だか誘っているような気がしたからだ。かといって、突っ立っているのも馬鹿馬鹿しい。

こんな時どうすればいいのかは誰も教えてくれなかった。

一応嫁入り前の心構えとして、母レジーナと姉二人から初夜の作法は聞いてきた。それはもう聞きたくないような生々しい男女の睦言まで彼女たちは嬉々として語ってくれたが、どれもこれも経験のないシシーナには敷居が高すぎて、実践できそうもなかった。結局、為になった助言は「全て旦那様にお任せする」の一つだけ。

もっとこう、初心者の入門編的な話が聞きたかったのに。

例えばどうやって夫を待つべきか、とか。

最初は軽くお酒などを楽しむとしても、どのタイミングでそういう流れになるのだろう。服は自分から脱ぐべきなのか。最中、手はどこに置けばいいのか。

考えれば考えるほど、不安になる。

そうやって悶々としていると、「レオハルト様がいらっしゃいました」という侍女の声に思考は遮られた。

悲鳴をどうにか飲み下し、鳥籠の錠を開ける彼を見詰める。複雑な形をした鍵は、簡単に複製など作れそうもない。針金などで解錠するのも無理そうだ。

改めて、ここから逃げられないのだということを思い知らされ、失望を禁じ得ない。

レオハルトが鍵を大切そうに鳥籠の外にある棚に置くのをじっと観察し、たとえシシーナがギリギリまで柵に近寄って手を伸ばしても、届かないだろうことを確認した。シシーナに見える位置に置くのが憎たらしい。試されている心地がする。

「ああ、昼間のドレスも素晴らしかったけれど、それもよく似合うよシシーナ」

「あ、ありがとうございます……っ」

レオハルトの湿った髪が艶かしい。そこから覗く物憂げな瞳に男の色気を感じてしまう。白いシャツから見え隠れする鎖骨は目の毒で、シシーナは慌てて目を逸らした。

「こちらを向いて、シシーナ」

隣に腰掛けたレオハルトがシシーナの顎を捕らえ、上向かせる。強制的に絡め取られた視線は、剥き出しの劣情とぶつかった。

「……！」

「そんなに怯えなくても大丈夫。優しくするから」

何を、なんて聞けるはずがない。いや、答えは分かっている。夫婦となった男女が初めての夜にすることなど、たった一つだ。でもできればとぼけていたい。時間稼ぎをしようと視線を彷徨わせかけたが、レオハルトの強い瞳に咎められシシーナは喉を鳴らした。

レオハルトの親指がシシーナの唇を撫でる。

キスされる……という予感は当たり、ゆっくり近付いた顔が僅かに傾けられた。

初めて感じる他者の唇の柔らかな感触に初心な胸は高鳴ったが、もちろんそれだけで終わるはずはない。

「……ん？　……ぅふぅ……っ!?」

ぬるりと忍び込んで来たものは、レオハルトの舌。すぐに理解したが、気持ちが追い付くかどうかは別問題だ。

口内を我が物顔で動き回るそれに、目を白黒させて逃げ惑うシシーナの舌は、けれど簡単に捕まった。

表面を擦り合わせられ、歯列をなぞり上顎を擽られては、鼻から抜ける甘い吐息を耐えるのは難しい。

「ん、……ふっ、」

ぴちゃぴちゃと淫らな音がし、互いの唾液が混ざり合う。息が吸えずに苦しくなってレオハルトの胸を叩くと、少しだけ唇は解放された。

「鼻で息をしなさい」

「は、え……？」

焦点の合わない距離で覗き込むレオハルトの瞳は興奮に燃えていて、目尻が赤く染まったのが酷く淫らに映った。シシーナにもその熱は移り、下腹が疼く。

「舌を出して」

言われるがまま素直に従うと、優しい手付きで頭を撫でられる。正解を出したことに安堵し、単純にも嬉しくなってしまった。

「……ぁ、ふ」

呼吸の仕方が分かって来ると、粘膜に施される愛撫は心地良い。

けれど、シシーナが姉たちから聞いていた『啄《ついば》むような』ものとはだいぶ違う。全て吸い尽くされそうな荒々しさと余裕の無さを感じずにはいられない。でもそれが、不快ではなかった。

頭や頬に触れる大きな手に安心して初めてのキスに夢中になっていると、残った片手がシシーナの身体をネグリジェの上からなぞる。薄い布越しでは容易に体温まで伝えてきて気恥ずかしい。

「透けて見える乳房がいやらしいね。……ほら、赤い果実がはっきり分かる」

「んっ、や……!?　そんな……っ」

服の上から胸の頂を食まれ、舌で先端を突かれた。その瞬間、ザリと薄絹《うすぎぬ》が擦れるむず痒さと生温かいぬめりがシシーナを襲った。

「レオハルト……様……っ！」

「やっと呼んだね。もっと聞かせて」

「ひゃ……っ、あっ」

身体は小さくとも胸の大きさだけは、それなりにある。それが巧みな手つきで形を変えられるのが目に入り、一気に頬に熱が上った。

「あ！　ゃ……駄目……っ」

「そう？　ここはとても喜んでいるよ」

「あぁっ」

軽く歯を立てられた刹那、駆け抜けた何かにシシーナの背がしなる。鳥肌が立ち、肌が感度を増してゆく。

長椅子に座ったまま繰り広げられる淫靡な戯れに眩暈がした。まだ寝台にさえ行っていないのに、こんなことでは身がもちそうにない。

「そんな……恥ずかしいです……っ」

「これからもっと恥ずかしいことをするのに？」

何てことを言うんだ。まさか姉が言っていた通り、レオハルトはそういう趣向を好むのだろうか。「上級者になると、屋外で交わったり他人に見られるかもしれないという危機感を楽しんだりするのも悪くないのよ」と恥じらいつつ告げた彼女を思い出し頭がクラクラしてしまう。

――無理！　でも、オールロの皆のためなら……！

もうここまで来てしまったのだから、「殺すのは惜しい」程度には気に入られなければ、明日の朝日が拝めないかもしれない。

オールロの未来も背負い覚悟を決めたシシーナは、レオハルトの身体に手を伸ばした。

「……っ、シシーナ……!?」

突然のシシーナの行動に驚いたのだろう。レオハルトが目を見開いて凍り付いている。

当然だ。先ほどまで初心な反応を見せていた娘が、いきなりレオハルトの男性の象徴たる場所を撫で上げたのだから。

「急にどうしたんだ……!?」

「レオハルト様に、ご、ご満足いただきたいのです……っ」

少しでも気に入ってもらえれば、万事上手くいく。そんな打算からの奉仕だったがシシーナは必死だった。

だが、喜んでくれるかと思った行為は、逆効果だったらしい。

明らかに機嫌を下降させたレオハルトが、怒りを滾らせた瞳で見下ろしてくる。

「シシーナはこういうことに慣れているのか……？　オールロは随分性的に大らかな土地柄だと聞いたが……まさか、君も……」

「ち、違います！　まともに男性と触れ合ったこともないのですから！　キスだって先ほどしたのが初めてです！」

オールロ以外の国では、女性は結婚するまで純潔を保たねばならないと聞いてはいた。特にある程度身分がある場合、それは常識であるらしい。確実に自分の血を引いた子供を産ませるためだとか。

だからレオハルトが処女性を重視するのも当然だ。

「私、まったく異性に相手にされていませんでしたから！」

しかし何が悲しくて新婚の夫に、売れ残りアピールをしなければならないのだろう。悲し過ぎて泣けてくる。

だが、それ以上に怖い。怒りで歪んだレオハルトの顔は飢えた獣のようで、本気で殺されるかと思った。殺気の籠った視線などシシーナは生まれて初めて向けられ、気を抜けば奥歯がカチカチ鳴りそうになってしまう。

「そうか……なら、良かった……」

ほ、と息を吐き出したレオハルトは心底安堵したようだった。

「そういえば、手付きがぎこちなかったな。すまない、一瞬冷静さを失ってしまった」

「い、いいえ……私こそ、誤解を与えるような真似をして、申し訳ありません」

どうやらレオハルトは積極的な女が嫌いらしい。大人しく、意のままにできる従順な女がお好みだろうか。自分色に染めたい、的な？

――う、苦手なタイプだわ。

思わず顔が歪んだシシーナの肩を、レオハルトは優しく掴んだ。

「そんなに悲しそうな顔をしないでくれ。私が悪かった。シシーナのことになると、どうも冷静ではいられない」

――それって、見ているだけで腹立たしいって意味じゃないですよね？　それならわざわざ結婚なんて申し込まないだろうし。

真意を図りかねていると、焦ったようにレオハルトがシシーナの手を握った。

「怒ったのかい？　シシーナ、どうか許して欲しい」

「え、私ごときがレオハルト様に怒るなど……」

「レオ」

「は？」

「そんな他人行儀ではなく、レオと呼んでくれ」

――無理。

だが、そうは言えない。

「恐れ多くて……」

実際『レオハルト様』という呼称もどうなのだろう。

本来『我が君』とか『陛下』と呼ぶべきかもしれない。名前を直接口にできるのは、ごく親しい間柄の者のみだ。まして愛称などもってのほか。

シシーナとレオハルトの関係性にはふさわしくない気がする。いくら名目上夫婦と言っても、出会ったばかりの今は他人と変わらない関係だ。

「せっかく夫婦になるのだ。もっと砕けてくれてもいいと思う」

「わ、私、あまり慣れていなくて……時間をいただけないでしょうか？」

ここで断ってもレオハルトは納得しないだろうし、だからといって、従うのも気が引ける。色々考えた結果の妥協案を提示すると、レオハルトは不服そうではあったが、渋々頷いた。

「では、私はシシーと呼んでも？」

「は、はぁ……」

『シシー』の名には呼び起こされる記憶がある。シシーナは幼い頃、小鳥を飼っていた。緑や赤の羽根が美しい、鳴き声まで優美な小鳥。

その子に『シシー』と名付けて可愛がっていたのだが……今、それを思い出してしまったのだ。

まさしく自分と同じ。鳥籠の中のシシー。

「ではシシー、寝台に行こうか」

「は、はいっ」

逞しいレオハルトの腕に抱き上げられ、シシーナは壊れ物のように運ばれる。

心臓が痛い。

未だかつてない速さで鼓動を刻んでいる。そのせいか、頭がボンヤリしてきた。

「力を抜いて」

そうしたいのは山々だが、肩も背中もガチガチだ。丈夫な板が入っているのかと疑うほど、固まってしまっている。

下ろされた大きな寝台は、シシーナとレオハルトの重みをしなやかに受け止めてくれたが、寝心地の良さを感じる余裕もない。

「ひゃ、……っ、ん！」

そんな有様のシシーナに笑みを落とすと、レオハルトは再び豊かな双丘へと手を伸ばした。

皮膚の薄い、円やかな曲線をなぞる。先ほど食まれた部分が唾液で湿っていて、冷たくなっている。

「このリボン……まるで私への贈り物のようだ」

殊更ゆっくり解かれる様がもどかしく、シシーナは羞恥から目を閉じた。レオハルトの手により簡単に結び目を緩ませたそれは、ただの布きれとなりハラリとシーツの上にすべり落ちた。

露わになったシシーナの身体にレオハルトの舐めるような熱い視線を感じる。

視界を閉ざしていても感じる眼差しに、シシーナの全身にジワリと汗が滲んだ。

「とても、綺麗だ」

「あまり……見ないでください……っ」

「隠しちゃ駄目だよ。もっとよく見せて」

咄嗟に胸の前で交差した腕は容易に頭上へ張り付けられた。そのせいで、むしろ突き出す状態になってしまう。そこへ、大きな手が重ねられた。

「……っ、ふ」

「硬くなってきたのが分かる？」

「分かりませ……っ」

嘘だった。ジンジンする熱が、乳首に集まっているのを感じる。同時にとても敏感になっていることも。その証拠にレオハルトの吐息がかかっただけで、喉が震えてしまう。強く唇を噛み締めなければ、おかしな声が出てしまいそうだ。

「柔らかくて、張りがあって……最高の触り心地だよ」

少なくとも、シシーナの胸は気に入ってもらえたらしい。自分の、身長に見合わない大きな胸は好きではなかったが、今初めてそのことに感謝したいと思う。

もう肩が凝るとか、夏場に肌が痒くなるとかは言うまい。だがそれも、今夜を生き延びてこそだ。

「……く、ふぅ……っん」

強弱をつけて揉みこまれ、指の腹で頂を摘ままれる。その度に、無視できない疼きが下腹部に溜まってゆく。切ない渇望《かつぼう》を誤魔化したくてシシーナは両膝を擦り合わせた。

「ぁ、あ……やぁっ……あっ!?」

レオハルトの指がシシーナの身体の中心へ触れ、素早く下肢から下着を奪われた。その

うえ、大きく脚を開かされる。驚いた時にはもう、間に身体を割り込ませられたため、閉じることは叶わなかった。あまつさえ膝裏を押さえられたせいで尻が敷布から浮き上がる。

「や、嫌ぁっ！」

恥ずかしいなんて言葉では言い表せない。この世で一番隠さねばならない場所を思いっきり広げてしまったのだから。しかも――

「……明かり……！　明かりを消してくださいっ……!!」

部屋は惜しみなく灯された明かりにより、昼間のように光に満ちていた。つまり、全て彼に丸見えになってしまっている。

どの段階で消してもらえるのかと待っていたのだが、どうやらレオハルトにその気はないらしい。

「嫌だよ。シシーがちゃんと見えなくなってしまうじゃないか」

「そんな……っ、恥ずかしいです……っ！」

「大丈夫。そんなもの、すぐに分からなくなる。それに羞恥に歪む君の顔に堪らなく興奮する……っ」

一見、聞き分けの悪い子供をさとすような冷静さでレオハルトは語ったが、瞳の奥には妖しい光が揺れていた。全然、まったく、大丈夫ではない。そして何たる変態発言。

「消してくださいっ！」

「駄目」

　シシーナの懇願はあっさり却下された。やがて問題の場所を覗き込まれるに至って、ついに涙の防波堤は決壊した。

「いやぁ……っ！　放してください……！」

「泣き顔も可愛い……それにシシーの涙はどんな宝石よりも綺麗だ」

　頬に流れる滴をベロリと舐め取られ、首筋を甘嚙みされる。正直嚙みちぎられるかと思ったが、生温かい舌の感触に恐怖とは裏腹の快感が生まれてしまった。むず痒いような切ないような熱が下腹部に溜まり、滲み出した何かが下肢を濡らす。レオハルトに指を舌を動かされる度、抗いがたい感覚に苛まれる。

「……ぁッ……」

「ふ……首が弱いの？　白い肌に痕が付いて……いやらしい」

　レオハルトの指が鎖骨から腹、臍を経由して脚の付け根へと下りてゆく。そして、疼く場所へ到達した。

「ああ……もう、濡れてる」

「んん……っ!?」

「!?」

　クチュリとした音が、シシーナの誰にも触れさせたことのない場所から響いた。同時に弾けるような快感が脳天へ駆け抜ける。

「あっ、ぁ、あッ」

敏感な蕾がもどかしいほどゆっくり擦られ、左右に揺らされる。体験したことのない快楽がシシーナを翻弄した。もはや声を堪えることもできず、口からはみだりがわしい嬌声が上がる。

「ふぁっ、ん、……あっ、あんッ」

「いいな……その鳴き声……凄く、腰にくる……」

うっとり微笑みながら、レオハルトの指は確実にシシーナを追い詰めて見知らぬ世界へ押し上げた。

「あッ、ま、待って……！　おかしくなっちゃう……っ、何か来る……!!」

際限なく膨れ上がる淫らな感覚が、内部からシシーナを食い荒らした。いくら拒もうとしても、そんな努力は意味を成さない。むしろ肉体は貪欲にその先を強請り、腰が揺れるのを抑えられなかった。

「やぁ……っ！　も、もう……っ！」

「シシー、達する時の顔をちゃんと見せて」

身を捩って逃げをうてば、罰を与えるように指の動きが激しくなった。身体中が発熱して熱い。浮かぶ汗がこめかみを伝った。

「……はッ、ぁ、ぁ、ああっ！」

飽和した光が粉々に砕け、後に残るのは淫猥な余韻。

口の端から零れる唾液さえ、シシーナに拭う余力は残されていなかった。

荒い呼吸に上下する胸だけが現実感を伴い、しっとりと汗ばんでいるのがいやらしく目を刺激する。

「可愛い入り口がヒクついている。それにこんなに甘い匂いをさせて……」

「――――!?」

茫然としていたシシーナを強引に覚醒させたのは、指よりも柔らかでヌルリとした感触だった。

「や、あ!?」

弛緩していた手脚に構うことなく頭をもたげれば、見なければ良かったと思わずにいられないような衝撃的な光景が繰り広げられている。

開いたシシーナの脚の間に陣取った黄金の獅子王が、獣が水を飲む如く舌を突き出して、濡れそぼった花弁からしたたる蜜を丁寧に舐めとっていた。

「……ひっッ」

がっちりと掴まれた太腿はシシーナの力くらいではびくともしない。ずり上がって逃げようにも、レオハルトの大きな身体全体で覆い被さられて叶わなかった。

そもそも寝台から逃れたところで、四方は鉄の檻だ。隠れるところなどありはしない。

「あっ、や……ッ、んぁっ」

ぴちゃぴちゃと耳を塞ぎたくなる音が、響いてくる。間違いなく自身とレオハルトの舌が奏でている証に、彼の動きに合わせシシーナの身体も痙攣した。脚が動く度、繋がれた鎖も不安定に揺れる。

「……ん、舐めても後から後から溢れてくる。シシーは感じやすいな。……そんなところも私好みだ」

「しゃ、喋らないでぇ……っ！」

僅かな呼気さえ熱を上げた身体は快楽に変換し、肌を擽る髪の感触さえもシシーナを攻め立てる。

「もうここはすっかり立ち上がっているよ。もっと触って欲しいって言うみたいに」

「……ぅんっ!?」

レオハルトが執拗に触れる場所は酷く敏感で、苦痛と背中合わせの快楽を暴力的にシシーナへ与えてくる。しかも何度やめてと懇願しても、その願いが聞き届けられることはなく、むしろ嬉しそうに尚しつこく刺激された。

「アッ……！　や、あ、ぁッ」

事前に母親から聞いていた『旦那様を受け入れる場所』が切なく涙を零し、グチャグチャになっているのは自分でも分かるが、蜜が垂れる感覚にさえ過剰に反応するとは教えてもらっていない。

もう、何もかもが気持ち良い。

蕾をねぶっていたレオハルトがその下へと標的を変え、入り口を数度舐め上げた後、ぐっと舌を尖らせ突き入れた。

「ふぁあ……っ」

レオハルトの鼻が陰核を押し潰し、シシーナはまた達した。

上手く息もできず、狭い肉道を暴れる器官のせいで高みから降りられない。

ガチャガチャと鎖が寝台の淵を叩いていた。

「あッ、ぁあっ……んんーッ」

「はぁ……、まだ、だよ」

「……っ!?」

女性とは違う、節くれだった長い指がシシーナの内側を探った。抜き差しされる度に、掻き出される液体がジュプジュプと淫音を奏でている。

「いっ……」

何も受け入れたことのないそこは、指一本でも異物感が凄まじい。ピリッとした痛みで内壁が引き攣る。それでも繰り返されるうち、違和感がなくなっていった。

「痛い？　シシー」

「ん……ん、平気……です」

強がりではなく答えると、レオハルトに頭を撫でられた。優しく、何度も。

――ああ……この感じは嫌いじゃないわ。何だかとても、安心する……

「それなら増やしても大丈夫だね」

「え……？」

くぷんと沈められた二本目の指がシシーナの内側を撫で、クルリと探るように動かされた。

「ひ……ぅっ、あッ」

「ここ？」

それまで何かを探す動きだったものが、シシーナが喉を晒し仰け反った瞬間、同じところばかりを攻め始めた。そこを弄られると声を抑えることは益々難しい。僅かに触れられただけで、身体は制御を失い、目の前には白い光がいくつも散った。一気にシシーナの全身が総毛立つ。

「ゃあ……っ、あ、あ、アッ」

「中がビクビクしてる。もう一度イク？」

「あァッ、また……変になる……っ！」

いつの間にか指はもう一本増やされ、最終的には三本もが中でバラバラに蠢《うごめ》いていた。僅か一本でも苦しかったはずが、今や柔らかく受け止めてしまっている。それに伴い、淫らな音も大きくなる。

「――――っ!!」

何度目か知れぬ絶頂がシシーナを攫い、レオハルトの指を食い締めていた。

「素直で可愛い私のシシー。君の初めては全部もらっていいね?」

確認の形を借りた宣言が虚ろな頭に浸透する。頷く以外の選択肢が見つからない。意味を考える余裕もシシーナには残されてはいないのだから。

だらしなく投げ出された脚を更に開かれても抵抗の術はなく、そもそも、それは許されない。

シシーナは朦朧《もうろう》とした意識の中、服を脱ぐレオハルトを見ていた。

鍛え上げられた身体は神話に出てくる神々のようで、無駄の一切削ぎ落とされた戦うための肉体だった。均整がとれた形は、芸術品として完成された彫像よりもずっと美しい。

――戦神が降臨なされたら、こんな感じなのかしら……

が、シシーナがそう思えたのも、下半身に聳《そび》え立つ凶器を見るまで、だ。

「……!?」

凶悪、という言葉がこれほどしっくりくるものにお目にかかったことはない。美しさはもちろん、可愛らしさも皆無だ。

――お母様たちに聞いていたものと随分違うわ!?

思わず凝視していると、何を勘違いしたのかレオハルトが頬を赤らめ視線を逸らした。

「そんなに見詰めないでくれ、シシー。照れるじゃないか」

「は……? え!? 違っ、違います!!」

別に興味津々で眺めていた訳ではない。怖くて目を逸らせなかっただけだ。

「不安があるのは分かるよ。でも充分解したし、強引にはしないから安心して欲しい。私も気が急いてしまったが、まだこれから何度でもできるし、最初から無茶はさせないよ」

「そ、それは……」

次からは無茶をさせられるという意味ですか!?

シシーナは再び視線を下ろし、確信した。

――無理だ。

入る訳がない。あんな大きさのものを入れられたら、内臓に傷が付く。それ以前に入り口が裂ける恐れがある。絶対に無理。

恐怖に慄《おのの》くシシーナは、ここで一つの事実に気が付いた。

――レオハルト様のお相手を務めた方は、アレのせいで皆死んだのではないの!?

だとすれば、自分も同じ運命を辿ることになる。

――い、嫌っ。そんなことで死ぬなんてそんな……残酷なうえ、恥ずかしいじゃないっ！

きっとオールロにもその噂は伝わる。嫁ぎ遅れの末姫は、世にも奇妙な死に方だったと。父や母はどんな顔をするだろう。お兄様とお姉様は発狂するかもしれない。そして国民に何と思われることやら……！

一瞬のうちに駆け巡った妄想にシシーナが気を取られている間、事態は着々と進んでいた。

蜜口にヒタリと付けられた凶器から透明の雫が溢れる。シシーナから零れたぬめりを合わせ滑りの良くなったそれは、侵攻を開始した。

「ひゃ……っああっ」

先端だけは柔らかな剛直が隘路を押し広げ、ゆっくりと確実に奥を目指す。引き攣れるような激痛がシシーナに襲いかかった。

「……あぅっ……痛ぁ……っ」

「シシー……っ、力を抜いて。キツイ……っ」

「無理ですぅ……っ！」

抜いてほしい。けれども、ギリギリの状態の中、それを告げることは我慢した。さすがにそれを言ってはお終いだ。この行為は義務であり、シシーナ自身と国を守るには必要なことなのだから。

痛みを少しでも和らげようと必死に細切れな息を吐く。見上げれば、レオハルトも眉間に皺を寄せていた。

「レオハルト様……っ」

「シシー……」

感極まった彼の声が霞む視界の向こうで聞こえる。未知の体験が恐ろしくて、シシーナは必死に手を伸ばした。

何かに縋り付いていたい。大きなものにしがみ付いていると安心する。

覆い被さる男の背はその点理想的で、若干硬いことを除けば触り心地も悪くない。だから思いっきり腕を回した。

「……っく、大切にする……シシー……！　愛している……！」

彼が何か言っている気がするが、シシーナの耳には届かなかった。

脚の付け根に押し込まれる灼熱に死を覚悟したシシーナは、レオハルトの肩に噛み付いた。そうでもしなければ、断末魔の悲鳴を上げてしまいそうだったから。

「んん……くぅっ……!!」

「ごめんよ、シシー……でも、あと少し……」

こんなに苦しいのに、まだ終わりではないのか。

レオハルトにしてもちっとも気持ち良さそうではないし、きっと自分たちは相性が悪いのだ。ならば飽きられるのも早いはず。とにかく今はここを乗り切ることだけ考えればいい。

顔を真っ赤にして歯を食いしばるシシーナの上で、レオハルトは小さく微笑んだ。そして、健気にも必死に男を飲み込もうと頑張る場所の上で真っ赤に膨らむ蕾へ手を伸ばす。

「きゃぅ……っ!?」

シシーナは苦難に立ち向かう巡礼者の心地で心を無にしようと足掻いていたが、突然呼び起こされた快楽に仰け反った。

レオハルトが敏感な蕾を指の腹で擦ったからだ。円を描くようにねっとりと。

「ア、ぁあ……ッ」

痛みで渇きかけていた場所が再び泉のように潤うのを感じる。切なく疼く奥が、何かを期待してわななないた。

「やはりこちらの方が気持ち良い？　今、凄く締まった」

「んっ、あ、あ……っ」

「いずれ中でも感じられるようにしてあげよう。でも今夜は……」

「ふ、あ……ッ！」

シシーナの脚を抱えたレオハルトが一気に腰を押し進めた。今までの比ではない激痛に引き裂かれ、同時に互いの距離が失われてゆく。

こんなに間近で他者の体温を感じたことはない。家族でさえ、ある程度の距離を保っていた気がする。

それがまだ出会って間もない、ろくに知らぬ男と隔てるものなく抱き合っている。そう考えただけで眩暈がした。

「ぅうっ……!!」

「……はっ……、温かいな……っ」

最後の砦は脆くも破られ、ジンジンとした傷口の痛みが呼吸と共に響いてくる。圧迫されたお腹も苦しい。けれどこれで、役目は果たしたはずだ。最大の難所を乗り越えた充足感で、緊張も解けてゆく。

「終わった……」

「動くよ?」

「え？　……ぃッ……!!」

油断したのもつかの間、激痛が束になって押し寄せてくる。まさに傷口を引き裂かれるような痛みで涙が滲んだ。

「駄目……っ、動かないで……!」

「無茶を言わないでくれ……っ、それじゃ生殺しだ」

そう告げられた次の瞬間には奥深くまで押し込まれる。快楽なんてどこにもなく、その衝撃に頭が真っ白になった。

「……あっ、ぃ、やぁ……っ」

指や舌の比ではない淫らな音が下肢から響き、レオハルトの律動と共に掻き回され、耳を塞ぎたくなるような濡れた音で鳥籠が満たされてゆく。もうやめて――と叫ぼうとした瞬間、シシーナは大きく身体を強張らせた。

「ふっ、ぅ、ああッ」

その一点を突かれたことで、シシーナの中で痛みしかなかったはずの箇所に、別の感覚が混ざり始める。

「そこ……っ」

「シシーの好い場所だね。こうすると、もっと好くなる」

「あぁっ」

角度を変えられたせいで、お腹側にレオハルトの先端が押し付けられる。そこを擦られると、ぶわっと全身に鳥肌が立ってしまった。

「や……!?　な、何……あっ、ぁあ!?」

「シシーは敏感だね。初めからこんなに素直で……でも、私以外の誰にもこんな顔を見せてはならないよ?」

「分かってま……ァッ？　あっ」

もちろん夫以外とこんなことをするつもりはない。ひょっとしてオールロ出身ということで、尻軽だと疑われているのだろうか。それは心外である。シシーナだって、かなりの覚悟を持って嫁いできたのだから。

「どうかな……君は見も知らぬ男にさえ警戒心を抱かない、純粋な人だから……」

「……え？　──ぁあッ！」

シシーナのことを以前から知っているようなレオハルトの物言いに違和感を覚える。

だが、そう感じたのは一瞬で、レオハルトに爪弾かれる蕾から生まれる鋭利な愉悦に飲み込まれてしまう。

「……ぁ、あっ……、やあッ」

「だから……っ、閉じ込めておかなければ……、っ」

レオハルトの動きが速くなる。もうまともな言葉など紡《つむ》げない。口から出るのは意味を成さない嬌声だけだ。

「あッ、……ぁ、ああっ」

痛みの先に、誤魔化せない快感がある。それは初め小さな種でしかなかったのに、今や芽を出ししっかり根を張っていた。レオハルトの動きに合わせて、抉り出される淫らな自分。

「ふ……ぁあっ……あッ」

「ああ……シシー、やっと手に入れた……」

「ふぁッ」

繋がり合う場所の上部に息づく快楽の芽を指で撫でられ、シシーナは頤を仰け反らせた。呼び戻された鮮烈な快感に両の目から涙が伝う。

「ふ……っ、そんなに締め付けないでくれ……持っていかれそうになる……っ」

「あっ、ぁ、やぁッ……！」

完全に余裕を無くしたレオハルトの動きが激しくなって、シシーナも滅茶苦茶に揺さ振られた。こすれ合う内壁は勿論、レオハルトの肌にぶつかって押し潰される蕾が生み出す未知の悦楽で、訳が分からなくなる。

「……ぁっ……く、全部、中に出すよ……っ」

「……？　……はぅッ……ぁ、ぁあっ、あ――ッ」

腹の中に経験したことのない熱が広がり、シシーナを侵食していく。けれど塗り潰される感覚は、理性を木っ端微塵にする禁断の淫楽だった。

「ぁ……熱い……」

「シシー……愛しているよ……」

やがてシシーナも、先程抱いた違和感など忘れてしまった。

凶暴な獣に喰い尽くされて。

4. 話し合いを希望します

――身体が痛い。

目が覚めて、シシーナが一番最初に抱いた感想はそれだった。

背中も腰も、喉もあちこち痛い。特に股関節と口にできない場所が堪らなく辛い。何かが挟まっているみたい、と言えば的確だろうか。

寝返りをうつのさえ一苦労。

だが何はともあれ、生きている。

苦痛とて、命があるからこそ感じられるもの。そう考えれば、不思議と愛しく思えてくる。鈍痛を訴える身体を騙し騙し動かして、どうにか楽な体勢になった。

昨夜は酷かった。思い返すだけで背筋が震える。最後の方は記憶がないが、ひょっとしたら自己防衛で消したのかもしれない。

だがそれは、痛みが酷過ぎたから――とは一概には言い切れない。

挿入された直後はいっそ一思いに殺してくれと思ったが、ある一点を擦られた時から気持ちよくなってしまった。あれは紛れもなく快感だ。あちこち弄られる度、知らない自分が次々生まれ出ていた。

あられもない声を上げ、乱れてしまったことに自己嫌悪が募ってしまう。うるさい女だと呆れられたかもしれない。我ながらギャーギャー騒いだ自覚はある。

それでも今生かされているということは多少なりともご満足いただけたのだろうかと思い、胸を撫で下ろす。

シシーナは周囲を見回しレオハルトがいないのを確認して、ほ、と息を吐いた。

初夜の翌朝なんて、どんな顔をして会えばいいのか分からない。上の姉は「素敵でした」とニッコリ笑えばいいのよ、と言っていたが、そんなの無理だ。シシーナは寝起きが悪いし、恥ずかし過ぎる。

少し前まで誰にも見せたことのない場所をあますところなく見られて、大声を上げながら大人の階段を一息に駆け上がってしまったのだから。

そんなダメージを引き摺ったまま、姉たちを見倣って、夜を共にした男性よりもちょっぴり先に起きて薄化粧を施す裏技を発動できる自信はない。現に今、旦那様より後に目覚めた有様だ。

夢現《ゆめうつつ》の中「今日はゆっくりお休み」と髪を撫でてくれた大きな手は幻だろうか。疲労困憊でろくに覚えていない。

解放されたのは明け方近くだった気がする。朦朧としていたから定かではないが、うっすら室内が明るかったような記憶がある。確か既に室内の証明は途切れていたのにもかかわらず。

どれだけ長い時間いたしていたのだろう。恐ろしい。

世の平均がどれくらいかは知らないが、さすがに長過ぎると思う。翌日に差し障るではないか。一日分の体力を使い果たしてどうする。

実際シシーナは今、寝台から立ち上がれる気がしない。身体は素直に生理的欲求を訴えるが、酷使された節々が活動を拒絶する。

どうしたものかと身じろぎすると、控え目なノック音がした。

「シシーナ様、目を覚まされましたか？」

「リズ……」

たった一晩離れただけだが、懐かしい声を聞いた瞬間安堵感からシシーナの大きな瞳に涙が盛り上がる。鼻の奥がツンと痛んだ。

「失礼いたします……シシーナ様!?」

入室した途端泣き出した主に驚いたのか、普段のリズならば有り得ない小走りで檻の間近まで近付いてきた。

「いかがなさいました？」

見れば、リズの目の下には薄い隈ができている。軽口を叩きつつも心配してくれていたのだと、シシーナの胸はほっこり暖かくなった。

「うぅ……大丈夫よ。あちこち軋んでいるけど、五体満足なのは変わらないわ」

「それは良うございました。何か召し上がれますか？」

見るからにズタボロだろうシシーナの様子には触れずにいてくれるところが、今はありがたい。

ほぼ生まれた時から知っている相手に、初夜の後を気遣われるなんて最悪だ。

「そうね……是非」

どんな時でも食欲がなくならないのはシシーナの特技の一つだ。辛くても悲しくても、腹は減るのである。むしろそんな時こそ身体に栄養を行き渡らせ、心の健康も取り戻すというのが持論だ。

それに、こう言っては何だが、夜通し運動したのだからお腹はとても空いている。

「かしこまりました。すぐに用意させますね。湯浴みはどういたしますか？」

リズに言われて初めて、妙に身体がこざっぱりしていることに気が付いた。確か昨晩は色んな液体でぐちゃぐちゃのドロドロだったのに。そう思い見下ろすと、昨夜とは違うネグリジェに変わっていた。透けている生地のものではなく、可愛らしくも上品な一品へ。

「あれ……？」

風呂に入った覚えはない。そんな余力は微塵もなかった。とすると……

「着替え……リズがしてくれたのではないのよね？」

「私はその役目から外されておりましたから……」

ではケントルムの侍女か。知らない相手に、意識のないまま世話になったかと思うと、それはそれで気持ちの良い話ではない。オールロではいくら王族でも、自分でできることは自分でするのが常だった。

「獅子王様ではないのですか？」

「は？」

「昨夜は早々に人払いをされ、その後も誰もお呼びにならないご様子でした。ですから、後始末も御自らなさったのではないでしょうか。たとえ女にでも、シシーナ様を触らせたくないといった風情でしたからね」

「……何、それ」

怖い。怖過ぎる。大国の王ともあろう者が、捕虜に等しい愛玩動物の世話を自らするとは。おままごと気取りなのか。それとも人形遊び？　大の男が、どこか病んでいるとしか思えない。

鎖に繋いで檻に監禁することと、甲斐甲斐しい世話を施すこととの間には歩み寄れない乖離がある。同一人物の行動とは思えず、シシーナは混乱した。

いや、もしかしたら淋しいのではないだろうか？　そう思うと、大国の王ともなれば、シシーナには計り知れない重圧があるに違いない。

急にレオハルトが可哀想になってきた。

「ひょっとして心を許せる相手が周りにいらっしゃらないのかしら……？　それならこの愛玩動物のような扱いも何となく分かる気がするわ」

見つけた答えに満足して、シシーナは数度頷いた。

「ねぇ？　そう思わない？　リズ」

「……さぁ、それはどうでしょう」

リズは僅かに片眉を吊り上げたが、レオハルトの変態的理由が分かり気分の軽くなったシシーナには目に入らなかった。何も解決はしていなくとも、正体が見えた分だけ安心してしまう。

「とにかく、準備して参りますね。他に何かご希望はありますか？」

「……ここを開ける鍵」

「申し訳ありません。それは無理です」

分かってはいたが間髪いれずに拒まれると、とても悔しい。足首の枷も、急に重みを増した気がする。無機質な柵がリズとシシーナを遠ざけているようで、殊更憎たらしい。その機微を理解しているだろうリズなのに、共感を示してくれないのが面白くなかった。

「言ってみただけよ」

「代わりに情報を仕入れて参ります。必ずシシーナ様にとって有益な話を持って参りましょう。敵を知らねば攻略は難しいですもの」

「敵……」

間諜としてではなく、嫁にきたはずなのだが。

だがリズと言い合う気力もないので、シシーナは彼女を見送った後、そのまま寝台に突っ伏した。

乱れていたはずのシーツも、清潔なものへ取り替えられている。柔らかくいい匂いがするそれへ、シシーナは頬擦りした。

その時、微かにレオハルトの残り香がした。

男性的でありながら甘くスパイシーな香りは、特別に調合されたものだろうか。それとも彼自身の持つものか。

シシーナはスンと鼻を鳴らし、息を吸い込んだ。

――この香りは、嫌いじゃないわ。

頭を撫でてくれた大きな手を思い出す。子供扱いとも違う、温かなものだった。

ほんの一瞬、今一人きりで残されていることが淋しくなる。単に心細いだけだと思うが、とんだ気の迷いだ。世にも恐ろしい猛獣と一つ檻の中の状況からやっと脱したのに、それを懐かしく思うなんて。

頭をシーツに押し付けたまま、グリグリと左右に振る。

――しっかりするのよ、自分。早くも屈してどうするのよ？　私は奴隷でも愛玩動物でもないでしょう!?

果たすべき役割があって、ここにいるはず。

初めはオールロを守るためだったが、もしも本気でレオハルトがシシーナを王妃に据えるつもりなら、その役目も担わなければならない。だが、それにしては彼の行為には矛盾が生じている。

鎖に繋がれ閉じ込められた王妃など前代未聞だ。重罪を犯したのでもあるまいし。ただの寵姫なら、あるいは……いや、レオハルトがシシーナのどこをそんなに気にいったのか不明過ぎる。身体？　でも自分で言って屈辱だが、そんな大層なものじゃない。

やはり変態……

考えれば考えるほど、深みに嵌《はま》る。

「……情報が少ない中でごちゃごちゃ考えても仕方ないわ。まずはリズが色々聞き込んできてくれるのを待って……何より腹ごしらえよね！　空腹じゃ良い案なんて浮かばないものの」

拳を突き上げ、オールロが在る方向を見る。目に入るのは鉄の柵と、その向こうの壁だけだが、構わない。シシーナの瞳には、確かに懐かしい野山が広がっていた。

「お父様、お母様、お兄様にお姉様……そしてオールロの皆、私頑張るから。何とか立派に生き抜いてみせるから、力を貸して……!」

まずはこの奇妙な監禁状態からの脱却を目指そうと、心に誓った。


その夜から毎晩、レオハルトはシシーナのもとにやってきた。そもそも檻の置かれた部屋がレオハルトの寝室なのだから、当然そうなるのだけれども。そしてこれでもかという勢いで抱かれる。何度も高みに押し上げられ、快楽により訳が分からなくなって気絶したまま朝を迎える……そんな爛れた日々。

会話はあるようで、ない。まるでシシーナの言葉を恐れるように、レオハルトはいつも情熱的な口づけで唇を塞いでしまう。そしてその後は、喉が枯れるまで鳴かされておしまいだ。

その数日間、シシーナが鳥籠から出られたのは基本的にレオハルトが傍にいる時だけ。それ以外では侍女頭が必ず立ち会う。リズと引き離されはしないが、彼女と二人だけの時に錠が外されることはなかった。「まだ信用されていませんね」とリズは溜め息を吐いたが、おそらく二人でいれば逃げ出すと思われているのだろう。

そして屋外に出られたのはたった一回、ケントルムの国民へのお披露目の日、城壁の上から手を振った時だけだ。

さすがにその日は鎖を外されたが足枷は嵌められたままで、シシーナは顔が引き攣るのを止められなかった。

そのままならば優美な装飾品に見えるけれど、誰かが無粋な拘束具と気付かぬ保証はない。万が一そうなれば、国中に不本意な噂が立ってしまう。

ただの愛妾というのならば、まだ耐えられる。だが、一国の王妃となれば話は別だ。

王族とは、ふんぞりかえることが仕事ではない。国土と国民のため、身を粉にして働くのが当然。生活の全ては国民から集められた税金で賄われているのだから、王の閨の相手だけしていればいいものでは決してない。

にもかかわらず、シシーナの現状は毎日寝て起きてレオハルトに愛玩されるだけ。

結婚式の時、熱狂的に祝福の手を振っていたケントルムの国民を思い出して、シシーナの罪悪感は膨れ上がった。

——このままではいけない。

小国の田舎者でしかない自分を純粋に歓迎してくれる人々。そんな彼らをだましている気がしてならず、何とかしなければという思いは日に日に募っていった。

今夜こそ、何としても話を聞いてもらおう。その結果がオールロと、ひいてはケントルムの為になるのだから躊躇っている場合ではない。

動けないシシーナの代わりにリズが色々と情報を集めてくれてはいるが、分かったのはレオハルトが国民から慕われているという事実だけだった。

侵略によって勢力を伸ばしていった国というイメージが強かったのだが、実際にはケントルムから攻め込んだ戦争というのはもう何年もないらしい。レオハルトが戴冠してからは、一度もしていないとか。

破竹の勢いで領土を広げていたのは前皇帝、つまりレオハルトの父親だ。彼が病により没してからは、国内での後継者問題もあいまって、他国を攻めている場合ではなくなったのだという。

そして中が荒れれば当然外部からの攻撃も強まるもので、その対応にも苦慮し、一時ケントルムは荒れた。シシーナはまったく知らなかったが。

妻も子供も数えきれないほど抱えていた前皇帝は明確に跡継ぎを指名しないまま身罷《みまか》ってしまい、身内で争っている場合ではないのに、骨肉の争いが勃発した。よくある話と言えばそれまでだが、国民にとってはそうはいかない。

人々の不安と不満が募る中、頭角を現したのがレオハルトだった。

それまでの彼は多くの王子の中でも特に注目を集めていた訳ではなく、その類稀《たぐいまれ》な美しさから女たちの話題にはのぼっていたが、彼が権力に興味を示さなかったせいで、利用しようと暗躍する者たちの目にはとまらなかった。

だが次々に自滅と暗殺で候補者が数を減らす中、レオハルトはついに重い腰を上げた。

「それはもう見事な手腕で対抗勢力を潰し、時には寝返らせて、あっという間に他国の脅威も退けたそうですわ」

珍しく感嘆を滲ませた声でリズは語った。

「ですから、国民の支持は圧倒的のようです」

「……でもそれって……他の王子を蹴落としたって意味にもとれない……？」

噂話の域を出ないが、他国の王族は血で血を洗う争いも珍しくないと聞く。親兄弟であっても——いや、だからこそ凄惨な足の引っ張り合いが巻き起こると。平和のぬるま湯にドップリ浸かったシシーナには考えられないことだ。

——だから、支配という形でしか関係を築けないのかしら？

仄暗い闇を覗いたような、重い倦怠感《けんたい》がのしかかる。

「それから申し上げにくいのですが……獅子王様には御側室がいらっしゃいます」

言い淀みながらリズが告げたもう一つの情報に、シシーナは首を傾げた。

「それはそうじゃない？　こんな大国の皇帝ともなれば、後継ぎを残すためにも必要でしょう」

さすがに噂通り二千人もいるとなれば驚くが、側室など想定の範囲内だ。シシーナ自身、自分もその一人だと思っていたくらいだし、改めて言われるほどのことでもない。

「それは……そうですが、問題はお相手の御身分です。特に力があるのはお三方なのですが、一人はケントルムでも有力な貴族の一人娘で父親は代々王家に仕える重鎮です。もう一人はお隣の友好国レイモンドの姫君、絶世の美女でいらっしゃいます。最後の一人も他国の姫君ですが、こちらは他のお二方に比べればやや劣るかもしれません。ただしオールロとは比べ物にならない大国出身ですし、ケントルムとは一番経済的繋がりが強いお国です。それぞれお名前をアジィン様、イスナーニ様、トゥリア様と仰います」

「……ふぅん。大変ね」

もし後宮に入れられれば、そんな方々と寵を競わねばならなかったのか。今だって安泰という訳ではないけれど、鳥籠に閉じ込められている現状では彼女たちと争いようがない。その点では幸運だったと言えなくもない。

「……それだけ、ですか？」

「え？　今後のためにこちらから何か付け届けでもした方がいいかしら？　まだ目新しいからだと思うけれど、レオハルト様は連日私のところにいらしているものね。きっと皆様面白くないに違いないわ」

できるだけ揉めたくないというのが心情だ。まして自分よりも格上の方々が相手となれば、気を遣い過ぎということもないだろう。

「他の方に嫉妬や、逆に闘争心を掻き立てられたりなどは……」

「え？　だから、上手に付き合っていきたいと思っているわよ？　今後もお世話になる方々だし。だって私一人では……」

その先はお茶を濁す。さすがに友人の前で『夫の性欲を受け止め切れない』とは言い難い。

だが、レオハルトが訪れる頻度がこの先ずっと同じでは、体力的に辛過ぎてシシーナは命の危険を感じてしまう。

ただでさえ体格差と体力差が大きいのだ。少しは手加減してもらいたい。簡単に壊れるほどヤワではないつもりだが、疲労感は拭えず毎日あちこちが痛い。

しかしそんなシシーナを前にリズは深々と溜め息を吐いた。

「……さすがに同情を禁じ得ません」

「そうでしょう!?　いくら何でも、この扱いはおかしいわよね！　他にも発散する場所があるのだから、きちんとそちらも回るのが礼儀であり当たり前よね！」

「もう、いいです。そんなシシーナ様も哀れに思えますから」

完全に可哀想な子を見る瞳で、声に諦念を滲ませたリズが頭を振った。

「何よ、それ!?」

「いいえ、そこがシシーナ様のいいところでもありますもんね。馬鹿な子ほど可愛いとは、よく言ったものです。昔の方は素晴らしい格言を残されました」

リズの言っていることは意味不明だが、貶されているのは嫌というほど伝わってくる。

「失礼ね！」

「私はそんなシシーナ様が大好きですよ。とても生温かい気持ちになります。さて、御髪を整えますので後ろを向いてください。本日は獅子王様から贈られたこの髪飾りをあしらいましょうか？」

まだシシーナの怒りは収まらなかったが、リズの示した髪飾りの美しい細工に気が逸れてしまった。単純だが、怒り続けるのは苦手である。

「そ、そうね。悪くないわ」

それでも表向きはあくまで『仕方ないから許してあげる』という態度を装いつつ、心は今日初めて身に付ける美しい装飾品でいっぱいになった。

羽根を広げた鳥が嘴《くちばし》に一輪の花を咥える様を金と銀で描き、ちりばめられた宝石が目映く輝いている。まるで芸術品のようで、額に入れて飾っておきたいくらい素晴らしい。

もらった当初は分不相応だと返そうとしたが、そうするとレオハルトが不機嫌になりそうだったので受け取った代物だ。だがもちろん嬉しくなかった訳じゃない。むしろ一目で心は奪われた。

「とても良くお似合いです。シシーナ様の雰囲気にピッタリですね」

「そ、そう？」

満更でもなく鏡を覗き込み、気分が浮き立つのを感じた。

だがヘラヘラしてばかりもいられない。物をもらって懐柔されている場合ではないのだ。

髪飾り自体に罪はないから使わせていただくが、それとこれとは話が別。

どちらにしても、このまま歪な現状に満足する気はシシーナにはない。恐れて萎縮していても、事態は何も変わらない。それはこの数日で嫌というほど理解した。ならば行動あるのみ。

持ち前の活発さをようやく取り戻したシシーナは、今夜の段取りを組み立て始めた。


そしてその晩。

「ただいま、シシー。会えなくて淋しかったよ」

「え、ええ……政務、お疲れさまです」

今朝会ったばかりですが？　とは決して言えない。夜の帳が下りた頃、レオハルトは少し疲れた顔で部屋に戻ってきた。だがそんな翳りが逆に男性的な色香を強めている。

遅くなるならば先に寝ても構わないとは言われているが、シシーナは起きて待っていた。

実質はどうあれ、妻として最低限の敬意は夫に払わねばならない。

昨日と同じように錠を開け鳥籠の外に置いたレオハルトは、檻の中に入るなりシシーナを抱き締めた。

「シシーも淋しかったとは言ってくれないのか？」

しまった。それが正解か。

当たり障りのない返答でやり過ごそうとしたシシーナは慌てて首を振った。

「い、いえ。その、何と申しますか」

今更取り繕うのも、いかにも嘘臭い。それに、シシーナは本音を隠すのが苦手なので上手い言い訳が思い付かず、焦る余り頭は真っ白になってしまった。

「……まぁ、最初は仕方ないか。それより不自由はないかい？」

「あります！　この扱いはどういうことでしょう!?」

空白状態のところに問いかけられ、反射的に応えてしまったシシーナは凍り付いたが、もう遅い。

せっかく頭の中では完璧なシュミレーションが組まれていたのに、全て台無し。まずはお酒でも嗜んでもらって、雰囲気を和らげてから本題に入る予定が……！

「あ、あの……っ、今のは不満があるとかではなく、この状況は異常だという意味……いやいやいや、レオハルト様がおかしいとかそうではなくて……!!」

言葉を重ねれば重ねるほど、墓穴を掘っているような気になってくる。シシーナは自分の顔色が蒼白になるのが分かった。

　また、やってしまった。それも、一番駄目な方向に。

　——私、完全に殺される……!!

　もうレオハルトの顔を直視する勇気はないが、重苦しい空気は見ずとも伝わってくる。

　どうしてこう、考えるより先に言葉が口をついて出てしまうのか。自分の迂闊さが嫌になる。だが、出てしまったものを回収することはできない。かくなる上は、素直に謝りレオハルトの恩情に縋るより他はない。

　——と瞬時のうちに考えたが、どうせなら不満を全てぶつけてしまえと囁く悪魔が同時に現れた。

　いくら誠意を持って謝罪しても、相手は血も涙もない獅子王。玩具の愛玩動物に歯向かわれて許すはずもなく、不快なものを生かすなど言語道断。この先シシーナだってレオハルトの顔色ばかり窺って生きていくのは嫌だ。

　それならば……。

　ゴクリと喉が鳴る。

　でも、怖い。こうして対峙しているだけで脚が震える。王たる覇気がヒシヒシと迫り、シシーナを威嚇する。追い詰められた鼠は猫にさえ立ち向かうというが、今まさに気分はそれだ。

極まり過ぎた怯えにより、シシーナは半ば自棄になっていた。

「レオハルト様、この檻と足枷について説明してくださいませ……！　でなければ、私納得いたしかねます……！」

「シシーはここから出たいのか？」

ぐ、と低くなったレオハルトの声が鼓膜を震わせた。それはシシーナの呼吸を止め、心臓を鷲掴みにする。

「え、出たいと言うか……」

問われるまでもなく答えは決まっているのだが、言い切るには掻き集めた勇気でも足りなかった。

「それは、逃げ出したいということか？」

「いえ！　そんなつもりではなく、う、運動不足になるかと思いまして！　それに一日ここにいては、レオハルト様の妻としてまともに役目も果たせませんっ」

目の据わったレオハルトが恐ろしい。きっと戦場で相まみえた敵将はこんな気分だったに違いない。せめて楽に死なせて欲しい。

シシーナはいっそ気絶してしまいたかったが、無駄に気丈な精神は簡単に途切れてはくれず、永遠にも思えるレオハルトの沈黙に耐えるしかなかった。

「……なるほど。確かにシシーの言うことは一理ある。私も君が不健康になるのは本意ではない。それに、我が妃としての役目を積極的に果たそうとしてくれていること、非常に嬉しく思う。早速明日から改善しよう」

「……本当ですか!?」

言ってみるものだとシシーナは歓喜した。だが何故、明日から？

「今夜は運動不足の解消に協力しよう。それに、シシーとしても大切な役目を果たせるのだから、互いに好都合だ」

ニヤリと笑ったレオハルトの顔は、凶悪な艶かしさを纏っていた。だだ漏れの色香にクラクラする。

「あっ、待ってくださ……!?」

「待たない。もう、充分待った」

軽々と抱き上げられ、寝台に運ばれた。そのまま大きな身体にのしかかられ、男性の重みに胸が高鳴る。

もちろん、体重はかけないよう気遣ってくれてはいる。だが腰の辺りを跨がれて真上から見下ろされると、距離の近さと存在感の大きさに息が詰まる。

黄金の髪の隙間から覗く物憂げな瞳に吸い込まれ、呼吸も忘れそうになった。

よく見れば彼の肌には大小様々な傷が残っている。ただ綺麗なだけでない、生命力にあふれた美貌。

熱を孕んだ彼の手の平が意味深にシシーナの頬、腕、鎖骨をなぞった。

「シシー……今夜はどんな趣向にしようか？」

「しゅ、趣向……!?」

耳年増なシシーナはその台詞に背筋を震わせた。世の中には、人とは違う楽しみ方をする方々も多い。

例えば複数で同時に交わったり、痛みに快感を覚える者もいれば、汚物に興奮する者もあるという。それらの趣味を否定する気はない。他者に迷惑さえかけなければ、本人たちの自由である。

が、その対象が自分となれば、話は別だ。

「ふ、普通で！　いたって普通でお願いいたしますっ！」

「それではシシーもつまらないだろう。私はそんなに引出しの少ない男ではないぞ」

その引出し、どうか一生開けないでいただきたい。

「わ、私はレオハルト様に寵をいただけるだけで充分でございます」

「シシー……なんて可愛らしいんだ……食べ尽くしてしまいたくなるじゃないか」

「!?」

どうやらシシーナの言ったことはレオハルトにおかしな刺激を与えてしまったらしい。

先ほどよりも更に情欲を湛えた瞳が迫ってきた。

「今夜は寝かせてあげられないよ？」

シシーナが戸惑っている間に、再び身体を持ち上げられた。そして寝台の上でコロリと転がされる。

気が付けば、うつ伏せの状態で尻だけを高く上げていた。

「え？　あの……」

「動かないで」

「……ひゃっ!?」

滑らかな丸みを布越しに撫でられ、レオハルトの大きな手がムニムニとシシーナの臀部を揉みほぐす。時折、悪戯に彼の親指が中央の切れ込みを掠め、その度シシーナは手足を強張らせた。

「……っ、」

「可愛い」

「……ん!?」

僅かな痛みを感じ振り返ったシシーナは後悔で顎が緩んだ。

何故なら、黄金に彩られた美丈夫が、自分の尻に噛り付いているのを見てしまったからだ。

「っ……!?」

ドロワーズの上からだったせいか、痛くて堪らないというほどではなかった。だがまったく痛くない訳でもなく、ピリピリした違和感が肌に残っている。しかしそれも、一気に上がった体温により息苦しさと共に忘れてしまった。

「どんなに上等な肉や果実より魅力的な感触だね」

いい笑顔で言われても、返す言葉が見つからない。

「や、やぁ！」

何とか逃れようと手足をばたつかせたが、体格差と腕力差は埋めようもなく、ジタバタともがくに留まった。

そうこうするうち、屈辱的な体勢を維持させられたまま、シシーナの下半身を守る最後の砦が無情にも引き摺り下ろされる。それは確かに頼りない布切れ一枚だが、あるとないでは格段に意味が違う。

抵抗虚しく露出させられた場所が、外気に触れて淫らに収縮した。

「シシーの肌は白いから、痕が残りやすいな。すぐに消えてしまうだろうけどね」

レオハルトはうっとり呟き、噛み付いた痕を指でなぞった。その僅かな疼きが肌をいたぶり、シシーナを震えさせる。

「ちょ……っ、レオハルト様……!?」

剝き出しにされた下半身は想像するだけで泣きたいほど恥ずかしく、気が狂いそうになってしまう。子供ならばまだしも、大人になってからこんな体勢を要求されるとは想定の範囲外だ。

「いやらしいな……見られて興奮しているの？　甘い蜜が溢れてきた」

「……!!」

レオハルトに言われるまでもなく、そこが潤ってしまっていることは分かっていた。散々彼に教え込まれた快楽は、既にシシーナの中でしっかり繁殖している。気持ちとは裏腹に、身体は触れられる手に期待していた。だからこそ、改めて指摘されるといたたまれない心地がする。

「恥ずかしい……っ、です……！」

「全身が真っ赤に染まっているよ。もちろん、ここも……」

「……あっ、ん、っんん……ッ」

ぬるりと差し込まれた指に背筋がしなる。

最初は指一本でさえ苦しかったのが嘘のように、今やそんなものでは物足りないと強請り、与えられた快楽を逃すまいと歓喜した内壁がレオハルトの指を食い締めた。

ゴクリと喉を鳴らす音が聞こえ、熱を孕んだ身体が背後から重なる。

「今日はこのまま後ろから抱いてあげようか」

シシーナの首筋にかかるレオハルトの吐息が熱い。耳に注ぎ込まれる低い声が媚薬となって正常な判断力を奪ってゆく。

「そんな……どうか、ふ、普通にお願いいたします……っ！」

「いつも同じなんて、シシーを飽きさせるような真似はしないよ。心がまだ綻ばないならば、せめて身体だけでも私に堕ちて欲しいから――」

「……ふ、っく……え？」

体内を蠢く指に意識の大半を支配されていたシシーナには、レオハルトの呟きは届かなかった。甘い悦楽が考える力を押し退け溺れさせられてしまう。

「……アッ、ああ……っ！」

太腿を伝う生温い液体が羞恥を強調する。言葉で嫌がっても、簡単に準備を整えてしまう我が身が呪わしい。

覆い被さるレオハルトと寝台に挟まれて、シシーナは猫のように背をしならせ高々と腰を突き上げた。いかに体勢を変えようとも、一度シシーナの弱点を捉えたレオハルトの指は逃がしてはくれない。ちゅくちゅくと掻き出される水音が大きくなってゆく。

「ひ、んっ……ぁ、あッ」

白い光が弾け、呼吸も忘れて突っ伏せば、肩に背中に口づけが降り注ぐ。震える太腿を開かされ、腹側から前へ回ったレオハルトの手がシシーナの敏感な蕾を転がした。

「や……!?　だ、駄目……っ、今イッたばっかりだからぁ……！」

高みから降りられない身体ではろくに逃げることさえできず、レオハルトの逞しい腕に囚われてしまう。そうなれば無防備な場所など、自由に弄られる玩具に過ぎない。シシーナは壊れた楽器のように思うがまま奏でられた。

「……あッ、ぁ、あ……ふぁあ……ッ」

器用にも片手でシシーナを翻弄しながら、残りの左手で服を剥ぐレオハルトの熱い呼気が乱れている。その興奮が伝わって、沸騰するほど頭が煮えてゆく。

「私を慰めるのも、シシーの大切な仕事の一つだ」

「それは……っ、そうですが……ぁッ」

「本当はそんなものより、心で求めてもらいたいが……」

「ひゃぅ……！」

はだけられた服が足首に嵌められた枷から伸びる鎖に引っかかり、冷えた音が響いてシシーナを現実へ引き戻す。

――そうだ！　流されている場合じゃない！

今、交渉しなければいつするのだと、散り散りになった理性を必死に掻き集めた。

「お願いします……！　せめて鎖を外してはいただけませんか!?　こんなの変です！」

「だって、大切なものはしっかり捕まえていないと失ってしまうじゃないか」

その、さも当然と言わんばかりのレオハルトの声音にシシーナは驚愕した。そして少し、悲しくなった。

信用されていないのは仕方ないにしても、そんな価値観で生きてきたのかと自分との違いに愕然とする。もちろん彼のことが怖いのに変わりはない。でも、それだけではない感情がシシーナの中に生まれる。憐れみと言うには不遜で、同情と呼ぶには胸が痛い。

「この鳥籠と足枷のお陰で、絶対にシシーがどこにも行けないと思うと、とても安心する」

鎖を指に絡ませ、レオハルトは恍惚感を滲ませた。

「ふ……くっ、ぁ……」

「可愛いシシー。こうすると、君の全てがよく見える」

「……っ！」

指で開かれた場所に、生温かい舌が這った。強烈な快感でシシーナの太腿が痙攣する。崩れ落ちそうになるのを支えるように腰を掴まれ、逃げることは叶わない。

「……っや……！」

気持ちがいいと叫んでしまいそう。だが、それはしたくなくて歯を噛み締めた。それでも甘い吐息だけは堪え切れず、鼻に抜けるのは媚びた鳴き声だけ。

「……アッ、ん、ん……ぁっ」

「は……硬くなってきた……それに赤く熟れて……」

「言わないでください……っ！」

ぴちゃぴちゃと、仔猫がミルクを舐めるような音と共に下腹部が熱くなる。溜まる熱が溶け出して、秘所を更に濡らした。

レオハルトはシシーナを舌で愛撫することを好み、絶対にやめてくれない。それどころか、シシーナが嫌がれば嫌がるほど熱心に顔を埋める。慈しむかのように優しく舌が動かされ、丁寧に花弁を解した。

「は……っ、あっ、あう……ッ」

「ん……シシーのここは狭いから、よく濡らさないと。でも、そろそろいいかな？　私も君の中に入りたい……」

情欲に乱れたレオハルトの声が艶めかしく揺れた。

「は……、レオハルト様のお好きなように……！」

拒む術など持ち合わせてはいないのだから、本来であればレオハルトがシシーナの意思など確かめる必要はない。けれど彼はいつでも問いかけてくる。

「……聞きたいのは、そんな言葉じゃない」

「あッ、ぁあ――っ」

落とされた呟きは、不機嫌と悲哀が入り混じっていた。

慣れたとはいえ、大きな質量で貫かれる瞬間は苦しい。シシーナは押し広げられる痛みと快楽に一瞬で支配された。

四つん這いのまま腰を固定され、背後から欲望を叩き付けられる。ガクガクと視界が揺れ、力の抜けた腕では身体を支え切れない。シシーナはシーツに頬を擦り付け泣き喘いだ。聞くに耐えない淫らな水音が鳥籠の中に反響し、鎖の金属音が奇妙に続く。

「……ゃ、アッ、あぅっ……あっ」

「シシー、もっとだ。もっと鳴いて」

シシーナの柔らかな尻にレオハルトの硬い肌がぶつかる。その度に狂うほどの快楽が生まれ、奥を抉られると何も考えられなくなってしまう。そのうえ合間に敏感な蕾はもちろん、胸の頂さえ弄られて激しく身悶えたが、レオハルトの体の下から逃れることは叶わなかった。

少しでもそんな素振りを見せれば、筋肉質な腕がシシーナの身体に巻き付き逃走を許さない。むしろ強く抱き込まれる体勢になる。

「すごく、締まる……この体勢は好き？　深く繋がれるからね。でも私は顔が見られなくて淋しいかな」

「や……も、ぁっ、あ」

シシーナの髪は広がり乱れきってしまっている。レオハルトは縺《もつ》れた一房をシシーナの肩から払い、剝き出しになった首を舐めた。耳や背中を甘噛みされる間にも彼の腰の動きは止まらない。シシーナを追い詰めるように次第に加速してゆく。

「あッ、ぁんっ……や、あァッ」

「ああ、最高だシシー。私のものだ……私だけの……！」

「ひっ、ああッ」

一際強く突き入れられ、シシーナの目の前で光が弾けた。音も途絶えた真っ白な世界が膨れ上がって、シシーナを取り囲む。跳ね踊る手足が突っ張った後、急激に弛緩してゆく。

「……は……ぅ……」

顎を伝う唾液さえ拭う気力もない。ぐったりと寝台に沈んでいると、シシーナはレオハルトに抱き起こされた。もうそっとしておいて欲しいのに。疲労感が凄まじく、目蓋を押し上げるのさえ億劫だ。

「まだだよ、シシー。私は終わっていない」

「へ⁉」

驚いて目を見開けば、確かに雄々しく立ち上がるレオハルトの屹立が飛び込んできた。あまりの大きさに思わず息を呑む。

「あの……」

「大丈夫。さっきの比ではないくらい快《よ》くしてあげる」

──全然大丈夫じゃありません!!

「わ、私は今夜はお話をしたいんですが……!」

「いいね。沢山話そう。充分満足したら、私の腕の中で語り合おうじゃないか」

終わった頃にはシシーナの意識が混濁しているのは明白だ。と言うか、夜通し繋がりあって翌朝早くに強靭的な体力でもって執務に向かうレオハルトと、いったいいつ話し合うというのか。

シシーナの長い夜はまだ終わらない。

5. 女の戦場

眩しい陽光が降り注いでくる。数日前に降った雨のお陰か、樹々も花々も元気いっぱいに空を目指していた。

「目が痛いわ、リズ」

「ずっと穴ぐらで生活していたようなものですからねぇ。今日は存分に日の光を浴びてくださいませ」

若干言葉に棘《とげ》がある気がしてならないが、シシーナは数日振りの日光浴を余すことなく楽しむために、深く考えないことにした。

目の前には隙なく整えられ、今が盛りと咲き誇る庭園。色とりどりの花々が競い合い、意匠を凝らした彫刻や噴水が絶妙な間隔で配置されている。ところどころに設えられたベンチや東屋からは、絵画のような風景を切り取ることができた。

その中心に、シシーナは今立っている。

レオハルトへの直訴が失敗した翌日、侍女頭が「庭園をご案内いたします」とやってきたからだ。

「陛下のお許しが出ましたので、僭越ながら私がご案内いたします。お茶の時間には、陛下もお越しになるとのことでした」

年配の彼女は姿勢良く頭を下げる。

シシーナは一瞬どんな罠かと思ってしまったが、外に出られるのは純粋に嬉しい。一も二もなくその提案に飛びついていた。一応レオハルトが約束を守ってくれたのかと、少しだけ胸が温かくなる。適当にはぐらかして終わらせるつもりではなかったらしい。

「だけど、全て望み通りとはいかないのよねぇ……」

長いドレスの裾に隠されてはいるが足首から伸びる鎖の先は、侍女頭の手の中にある。彼女が上手く捌《さば》いてくれるお陰で歩きにくいということはないけれど、絶対におかしい。鎖に繋がれて歩くなんてまるで……

「お散歩、ですわね」

「それ以上言ったらさすがに怒るわよ、リズ」

「申し訳ございません。素直な正確なものでして」

侍女頭が監視役なのは明白なので、シシーナとリズは小声で会話した。何をもって不敬とみなされ怒りをかってしまうかわからないから、用心にこしたことはない。

それにしても、こんなみっともない姿を他の誰かに見られたら生きていけないと思ったが、人払いをしてあるのか人っ子一人居なかった。本来庭師が仕事中の時間帯だが、それも見当たらない。

今庭園を散策しているのはシシーナとリズ。そして後ろから鎖を持って続く侍女頭だけだ。

爽やかな風が花々を揺らし、芳しい香りを運んでくる。時折聞こえる鳥の声も、麗《うら》らかな午後に相応しい。

そこに無粋な金属音さえ混じらなければ。

「あの……コレ、外してもらえないかしら？」

「申し訳ありません。鍵はレオハルト様のみがお持ちでいらっしゃいます。私にはどうすることもできません」

「……そうよね」

仮に鍵を持っていたとしても、外してくれるという選択肢はなさそうだ。侍女頭がレオハルトに忠誠を誓っているのは、はたで見ていてもよく分かる。

結局カチャカチャと音を奏でながら、東屋までやってきてしまった。

「少し休憩しましょうか」

そこから見渡す庭は繊細な色彩を成している。幾重にも織り込まれた絨毯の模様のように見る者の目を楽しませてくれ、ささくれ立った心も多少は癒された。

数日振りに長く歩いたせいか足が痛い。シシーナはベンチに腰を下ろし、軽く溜め息を吐いた。

簡単に鈍ってしまった身体が腹立たしい。姫らしくないと諭されながらも、オールロでは自由気ままに歩き回っていたのに、今や完全なる籠の鳥。比喩ではなく、本当に。

「リズと二人きりにはしてもらえないわよね？」

一応聞いてみたが、答えは予想通りだった。

「それはお断り申し上げます。警備上の問題もありますし、陛下からきつく言付かっておりますから」

「……警備、ね」

ではシシーナの視界に捉えられないだけで、他にも警護に当たっている者たちがいるのだろうか。そう思い至りシシーナの気分は重く沈んだ。つまりはこの倒錯的お散歩の図が他者の目に触れているということに他ならない。

「いかがなさいました？　シシーナ様」

「何でもない……」

今は取り敢えず、外に出られたことを楽しもう。その警備とやらがシシーナを護るためなのか逃がさないためなのかも、考えないことにする。

「王妃様、陛下がいらっしゃいました」

おもむろに告げられた侍女頭の言葉。急に日が翳《かげ》った気がするのは気のせいか。遠目からでも華やかな美貌が際立っているのに、近づいて来る男の背後に暗黒が見えた。ぐんぐん距離を縮める漆黒は、やがてシシーナを取り囲む。

「シシー！　太陽の下で見る君も愛らしいな」

——だったら、私に自由をください。

「レオハルト様、本当にいらしたのですね」

「そう伝えたはずだが？」

確かにそうなのだが、忙しい彼にノンビリお茶をする暇があるとは信じられなかった。それに、そんなイメージもない。いつも夜しか会っていないせいか、昼間の印象が薄いのだ。

「お仕事はよろしいのですか？」

「シシーとの時間を得るためならば、どうとでもなる」

そう口では言っていても、彼の横顔には疲れが見えた。隙なく身なりを整えてはいるが、僅かに顔色が悪い気がする。

いくら室内で煌々と明かりを灯していても、自然の光には敵わない。夜の支配下には分からなかったものが陽光の中で剝き出しにされていた。

「そんな無理をなさらなくても……」

「シシーは私に会いたいと思ってはくれないのか？」

「そういう意味ではなくて、レオハルト様の身体はお一人のものではないのですから」

鳥籠の外にいるせいか、シシーナは自分がいつになく伸び伸びと振る舞えているのを感じる。

普段なら萎縮して黙ってしまう言葉を、今なら言える気がした。

「……私を心配してくれているのか？」

「当たり前です。貴方《あなた》はこの国の王なのですから」

キッパリ告げると、レオハルトは微妙に表情を歪めた。背後でリズの溜め息が聞こえる。

更に侍女頭は俯いてしまった。

——どうしてだろう。正しいことを言ったはずなのに。

「……まぁ、いい。茶の準備をしてくれ」

「かしこまりました」

そそくさと鎖をレオハルトに預け、侍女頭は準備に取りかかる。

リズもそれに倣ったため、シシーナはレオハルトと二人きりで残されることになった。

「……」

何となくおかしな空気になったせいか、上手く会話が続かない。お互い行儀良く横に並び座ったまま、上滑りする視線を花々に向けていた。

「良い天気ですね……」

「そうだな……」

ぎこちなく話題を探るが、レオハルトはどこか沈んだ様子で声にも元気がない気がする。だが合わせて黙り込んでいるのも居心地が悪く、シシーナはリズたちが一刻も早く戻ることを祈った。

「レオハルト様は花、お好きですか？」

「特には……愛でる時間もなかったしな」

それにしては眼前に広がる庭は、よく手入れが行き届いている。もちろん管理している者の努力があればこそだが、庭や部屋というものは、そこに住む者の内面を反映するものだ。興味のない主のために誠心誠意尽くせる使用人は少ない。

「でも……あ、あの花は……？」

彷徨わせた視線が一点で止まった。

何気なく見ていたため今まで気に留めなかったが、東屋の傍に植えられている黄色には見覚えがある。シシーナにとっては日常過ぎて、今ここにある違和感にすぐには気付かなかった。

「オールロの……」

ケントルムとは気候も土壌も違う。必然、咲いている花にも違いがある。それなのに、あるはずのない花が揺れていた。

「君が好きな花だと、聞いた」

「え」

この時期ケントルムで咲かせるのは容易ではないだろう。しかも何株も弱らせず運ぶのが大変だったと想像に難くない。

「私の……ために？」

「……たまたま、私も嫌いじゃないだけだ」

先ほど、特に好きではないと言ったばかりなのに。

素直じゃないのか、本心なのか、経験の浅いシシーナには複雑な男心は分からなかった。それでも、いつもより恐怖感は少ないし、たどたどしい時間も不快ではない。何より、ふわふわと温かな気持ちが湧いてくる。

――少しだけ、距離が縮まったかな。檻の中でもないし、今なら、もしかして――

「あの、レオハルト様……私逃げたりいたしませんし、この鎖は不要なものかと……」

「それは許さない」

まったく笑っていない目で、レオハルトは口角を上げた。発言を途中で遮られ、それ以上の懇願など口にする勇気はもう生まれてこない。

ついさっきまではあった柔らかな空気が霧散していた。今のレオハルトは笑顔であるはずなのに、俯き加減の無表情だった先ほどの方がよっぽど優しく見えたのは何故なのか。

ジャラリと彼の手の中で鎖が鳴り、軽く引き寄せられた。そのまま持ち上げられたため、繋がれたシシーナの脚が浮き上がる。

「レオハルト様……？」

「小さな脚だな。それに細い」

「あ、あの……」

爪先が地面を離れるほどドレスの裾もずり上がり、シシーナの脚が曝け出されてゆく。皮膚に感じる自然の風が筆舌に尽くしがたい羞恥をあおり、混乱した。

「そ、それ以上は……っ」

必死にドレスの裾を押さえたが、レオハルトの手は止まらない。ついに彼の目の高さまで引き上げられてしまった。あまりの恥ずかしさに顔は真っ赤になっているだろう。後ろにひっくり返りそうになるが、背凭れが何とか身体を支えてくれた。

恭《うやうや》しく靴と絹の靴下を脱がされ、秘されていた素足が外気に触れる。野外で裸足になるなど幼い頃以来で、シシーナは途端に頼りない気持ちに襲われレオハルトを伺い見た。

「そんな目で見られたら、止められなくなってしまうよ」

「ひゃ……っ!?」

爪先に彼の唇が触れ、レオハルトの赤い舌がシシーナの親指を這うのを呆然と見詰める。

「や、駄目っ！　それはいけません！」

だが、慌てて引こうとした踵はがっちりと摑まれていて動かせない。動揺するシシーナを楽しむように、レオハルトの瞳は一瞬足りとも逸らされなかった。

「何故？　シシーの全ては私のものだろう？」

「き、汚いじゃないですか！」

「そんなことはない。自分のものを汚れているとは思わない」

「……っ」

言葉が通じる気がしない。クラクラ眩暈がするのは、久し振りの日光浴と運動のせいでないのは明白だ。啄ばむキスは爪先、甲、踝や踵にも降り注ぐ。しまいには指を一本一本順番に舐られるに至り、シシーナの精神は許容値を超えた。

「ちょ……っ、レオハルト様……!?」

混乱しているうちに彼の唇が移動していた。ゆっくり、形を確かめるように上へ上へと。生温かく柔らかな舌がシシーナの肌を濡らしてゆく。

「それ以上捲られては……！」

下着が露出してしまう。半ばスカートに頭を突っ込まれ、吸い付かれた太腿にチクリと痛みが走った。

「……んっ」

「誰にも見せやしない。こんなに可愛くて淫らなシシーを知っているのは、私ただ一人で充分だ」

顔に血が上り耳鳴りがする。視界が淫靡な光景で埋め尽くされ、呼吸が乱れた。

「熟れた果実も、こんなに芳しくは香らないよ」

ドレスの下、忍び込んだレオハルトの指がシシーナの足の付け根を撫でる。それにより、淫らにも下着を湿らせてしまっている現実が無情に突き付けられた。

「……っ!」

「可愛いシシー。感じてしまった?」

「ち、違……っ」

恥ずかしくてどうにかなってしまいそう。潤む瞳で見上げれば、レオハルトが凄絶な色香を放っていた。

「本当に……我が宝は私を狂わせる……」

首筋に顔を埋められたせいで、耳に直接低い声が注がれ肌が粟立つ。彼の高い鼻が肌を擦り、腹の底から甘い痺れが広がった。

「本当に……これ以上は……っ!」

くちくちと淫猥な水音が微かに聞こえる。抗えない熱が下肢から芽吹き、甘い吐息が噛み締めた唇から漏れた。

「ふふ……残念だけど、ここでは無理かな。シシーのいやらしい姿も声も誰にも渡さない。その心配さえなければ、開放感があって最高なんだけれど」

「……ふぁ!?」

——この男……本気だわ!!

妙な汗が背筋を伝った。火照った身体に冷水を浴びせかけられたような心地がする。それでも、既にシシーナの身体を知り尽くしたレオハルトは的確に逃げ道を塞いでゆく。指で、舌で、言葉で嬲られ強制的に高められてしまう。

「でもいつもより濡れている……シシーはこういうのが好みなのかな?」

「変なこと……言わな……んっぁッ」

シシーナの中で燻《くすぶ》る何かが弾けそうになった瞬間、レオハルトの指は離れていった。あと少しだったのに——と蕩《とろ》けた頭はまともに働かない。

「時間切れだ、シシー。続きはまた今夜……」

涙で曇った視界の隅に、こちらに向かって来るリズたちの姿が見えた。隣りに目をやれば、すっかり息の上がったシシーナとは違い、レオハルトには寸分の乱れもない。それが酷く恨めしい。玩具にされたという屈辱から唇を噛み締める。

——やっぱり、こんな扱い……絶対おかしいわ……!!

結局、鎖の件で改善は与えられなかった。鳥籠についても同じ。変わったのは、また庭園で散歩をしてもいいと言われたことだ。

ただし、シシーナの自由にできるわけではなく、レオハルトか侍女頭が一緒にいる時だけで足枷を外すことまでは許されない。

――こんなの、むしろ悪化してるじゃない……！

シシーナは怒りを覚えたが、どうにも解決策は見つからなかった。

それでも以前よりはレオハルトを恐れていない自分がいる。確かに無言で睨まれたりすると身体が硬直してしまうし、低い声で話されるのも怖い。しかし満腹の肉食獣が無闇に人を襲わないように、下手な刺激を与えなければ安全な気もするのだ。距離の取り方というか、接し方を学んだ気がする。彼は無闇に殺戮《さつりく》を繰り返す悪魔では決してない。

つまり、噂話は鵜呑みにしてはいけないのだなぁというのが、ここ最近の印象だ。

シシーナが聞いていたほどレオハルトは冷酷非道な人には見えないし、時折感じる仄暗い部分にはゾッとしてしまうが、分かり合えないほどではない。努力次第で距離は縮まる予感がある。

また変化はそれだけに留まらず、彼なりに気を使ったのか、この数日シシーナに教師が付けられることになった。一日のうちの数時間、歴史や外交、経済について学ぶ。

本当ならば嫁ぐ前にある程度身に付けておかねばならない教養だが、攫うようにケントルムに連れてこられたシシーナは、充分に予備知識を得る時間は与えられなかった。だからこれは非常にありがたい。

そこは素直に感謝しよう。しかし、受け入れ難いこともある。

「檻越しにお勉強……って、どうなの？　これ」

間に柵を挟んで真面目な顔で向かい合う、女教師と生徒。

「こんな時くらい、ここから出してくれてもいいじゃない！」

八つ当たりも込めて部屋の隅に佇む侍女頭に叫ぶが、涼しい顔でいなされた。

「陛下の御命令ですから」

いついかなる場合でも、レオハルトの命令は優先されるらしい。教師も微妙な顔をしているではないか。それもそうだ。触れていい話題かどうかも分からないだろう。

そして、真面目そうな教師は、都合の悪いものは完全に黙殺することにしたらしい。僅かに口元を引き攣らせたまま、口調だけは至極真剣に授業は続けられた。

好奇心旺盛なシシーナは学ぶことが嫌いではない。元々オールロにいた頃から、女には不要とされている兵法まで興味を持って学んでいたほどだ。それはあくまで遊びの延長のようなものではあったけれど、面白くていくつも文献を読み漁った。

だから、またこうして知識を身につけられる機会が得られたのは嬉しい。それに、王妃として必要と思われる内容だけでなく、武器についてなども座学に含まれているのが尚胸をときめかせる。

女が余計な知恵を身に付けるのを好ましく思わない男性が多い世の中で、こうして学ぶことを認めてくれる人は少ない。まして身分ある階級であればあるほどその傾向は顕著で「女は家を守り子供を産むのが最大の仕事」と公言する者も多い。オールロにもそういった者は残念ながらいた。

幸いバレシウスもレジーナもそういった固定観念はなかったので、シシーナの自由にさせてくれていたけれど。まさかケントルムでもその幸運に恵まれるとは思わなかった。

「大切にされている、錯覚はするわね」

シシーナの機嫌を取ろうと必死になっているように見えなくもない。けれど本当に対等な人間として相手を見ているならば、鎖に繋ぎ檻に閉じ込めるなどあり得ない。いくら甘く丁寧に扱われたとしても、それは、愛玩動物を可愛がるのとどう違うというのか。

信用されず、意志さえ問われることもなく、ただ大人しくそこにいるだけなのは、存在価値すら否定されている気がする。

にもかかわらず、レオハルトが与えてくれるのは、用意された小物ひとつとってもどれもシシーナ自身をよく観察し、本当に気遣っていなければ気づけないようなものばかり。

レオハルトの行為がシシーナの中で矛盾している。

それを自分はどう思っているのだろう。少なくとも、不快ではない。戸惑いは隠せないが感謝しているし、単純に嬉しくもある。けれど、現在の納得できない状況が素直にそれを認めることをよしとしなかった。

シシーナは長い溜め息を吐き出しつつも、夫との距離を縮めるべく、次の手段を考え始めた。

「お茶会、ですか」

「はい。皇太后様たってのご希望で、レオハルト様も御了承済みです」

昨日学んだ治水工事について復習をしているシシーナにもたらされたのは、思いがけない提案だった。

檻の外には、いつも通りきっちり髪を纏めた侍女頭と皇太后付きの侍女が数人。

見知らぬ人々に取り囲まれ一番最初に感じたのは緊張感だが、それ以上にシシーナの気持ちは浮き立った。

外に、出られる。

そしていくら何でも、皇太后の前では鎖に繋がれはしないだろう。それに場合によっては、今のシシーナの置かれた状況を皇太后になんとかしてもらえるかもしれない。

「是非、お伺いしたいわ。いつかしら？」

「王妃様さえよろしければ、本日にもいかがでしょうか」

否やはない。教師が来なければ、昼間のシシーナにはすることなど一つもなく、正直暇なのだからいつでも大歓迎だ。現に今だって手持ち無沙汰でいたのだから。

勢いこんで頷けば、皇太后付きの侍女は恭しく頭を下げた。

「ではそのように。後ほどお迎えに上がります」

役目は終えた彼女たちが去ったあと、シシーナは大慌てで準備を始めた。まだ時間はあるが、やらねばならないことは山ほどある。失礼のないように身なりは整えなければならないし、手土産はどうするべきだろう。

「ねぇ。リズ、皇太后様は何がお好きかしら……!?」

「仮に分かったところで、すぐに用意するのは無理ですわ。それよりもお着替えなさいませ」

「そ、そうね」

何はともあれ、檻から出られる。自然と上がる口角を抑えることはできなかった。

数刻後、リズと侍女頭の手助けと助言を得て念入りに仕上げられたシシーナは、淡い緑に白のレースが施されたドレスに身を包んでいた。それに合わせて緩く纏めた髪にはレオハルトから贈られた髪飾りが輝いている。

なんだかんだで気に入ってはいるが、勿体無くて特別な時にしかつけないと決めている。けれど基本檻の中で生活しているシシーナには活躍の場がない。だからこそ、半ば勇んで身につけてしまった。

鎖から解き放たれ、軽くなった足首に目を向ける。

いつかはこの枷も外してもらおう。そしてそれが当たり前のことだとレオハルトに理解してもらいたい。

「よし……っ！」

だが、奮い立たせた気合は皇太后の部屋へ続く長い廊下を歩むごとに緊張感へ変わっていった。一歩間違えば、状況を悪化させてしまう可能性もあるのだから。

「シシーナ様がいらっしゃいました」

会うのは初めてではないとはいえ、皇太后の部屋の前に立てば鼓動が跳ね上がる。オールロで気軽に父親の執務室へ足を踏み入れていたのとは、訳が違う。

ゴクリと喉を鳴らすシシーナの眼前で皇太后の部屋の扉が左右に開かれ、緊張は頂点に達した。

「お入りなさい。待っていたのよ」

迎え入れられた部屋の奥には、以前のように長椅子に腰掛ける主がいた。今日は深紅のドレスを身に纏い、艶やかな首飾りと揃いの耳飾りが妖艶さを醸し出している。一見派手にも見えるが、彼女にはよく似合っていた。

「失礼いたします……皇太后様」

「嫌だわ、堅苦しくなさらないで。私たち親娘になったのではないの。お母様と呼んで欲しいわ」

「それは――――」

そんな無礼なと尻込みするが、突っぱねる訳にもいかない。

「私、娘が欲しかったのよ。嬉しいわ。シシーナ、もっと傍にいらっしゃい。ほら早くお母様と呼んで頂戴《ちょうだい》」

押しの強さはレオハルトそっくりだ。気がつけば、シシーナは皇太后の真横に座らされていた。ソファは広く、他に場所はいくらでもあるのに何故。

――――近い。

どうしてこの母子は他者との距離が近いのだ。隣から覗き込んでくる美貌の迫力に僅かに戸惑い身体を引きかけたが、素早く手を取られた。

「可愛いわ。ふわふわでスベスベなのね。目も大きくて抱き締めたくなってしまう」

深紅に塗られた爪をのせた指先が、シシーナの頬をつつく。ぷに、と沈み込む弾力に満足したのか、皇太后はその行為を繰り返した。

「ふふ……柔らかいわ。食べてしまいたくなってしまう」

「……!?」

「レオハルトってば、こういうお嬢さんが好みだったのね。意外だわ。てっきり色気の塊のような女性が好きなのかと思っていたのに」

間違いなく親子である証か、同じ獰猛さが窺える瞳には強い光が宿っている。頬をなぞる指は唇の柔らかさも確認し、どうしてかシシーナは閨での淫靡な感覚を呼び覚まされ、密かに身を震わせた。

「ここには慣れたかしら？」

「あ、は、はい。皆様良くしてくださいます」

顔を合わせた人数は少ないが、面と向かって『田舎者』と嘲《あざけ》る者はいなかった。内心はともかく、敬意を持って接してくれている気がする。さすが王宮に仕える者たちは厳しく躾けられているのだろうか。

「そう。それは良かったわ。レオハルトは女心に疎いところがあるから、心配していたの」

「はぁ……」

疎いと言うより、シシーナの意思など頓着していないだけではないのか。だがそう表現されると、さもシシーナのためにレオハルトが心を砕こうとしているように聞こえた。言葉一つで随分印象が変わる。

「あの子のあんな顔……初めて見たわ。本気で欲しいもののためには、必死になるところがあったのね」

「え……？」

「知っているでしょうけれど、私の元々の身分は低いでしょう？　だから王子と言ってもあの子は冷遇され続けていたのよ。なまじ才覚ありとなれば、要らぬ争いにも巻き込まれかねない。大した後ろ盾もないのに、それは命を狙ってくださいと言うのと変わらないわ。私自身、寵姫と言っても大勢いる側室の一人に過ぎなかったし、きっとあの子なりに色々護ろうとしてくれていたと思うの」

眼前のテーブルには沢山のお菓子や香りの良いお茶が並んでいるけれど、手をつける気にはなれなかった。緊張で胸がいっぱいなのは本当だが、それ以上に子供を想う母の言葉に圧倒される。

「冷酷だ、悪魔だと罵られることも多いらしいけれど、あの子の父親が斃《たお》れた時点で私の田舎に一緒に帰って暮らすこともできたのに、結局は国民を見捨てることができず茨の道を選ぶ優しい面もあるのよ？」

明るい日差しの中で微笑む女性の目尻には、よく見れば年齢故の皺が刻まれていた。重ねた年月の間には、色々とあったのだろうと察せられ、胸が詰まる。

夫婦仲の睦まじかった実母レジーナさえ、若い頃には辛いこともあったと言う。まして大国ケントルムの側妃の一人となれば、心労も並大抵のものではないと想像できた。

――この方も、レオハルト様と同じで淋しい面をお持ちでいらっしゃるのかしら……

けれど、彼女はケントルムの皇太后でありレオハルトの実母。その壁がシシーナにあと一歩踏み込むのを躊躇わせた。

「ふふ……まだあの子に心を開いてはいないという顔ね」

「!!」

不敬として罰せられるだろうかとシシーナの額に一気に汗が噴き出す。

「あの……」

「気にする必要ないわ。それは仕方のないことだものね。どうせレオハルトのことだから、無理やり貴女を手に入れたのでしょう？」

「そんな……ことは……」

一応手順は踏んでくれていた。しかし充分とは言い難く、むしろ強引と言う以外の表現は見つからない。だから否定の言葉はスルリとは出なかった。

「昔から素直に感情を出すのが苦手なの。欲しいものは奪い囲うという父親を間近で見てきたし、油断すれば大切なものを失いかねない環境にあったものだから、どうしてもやり方が極端なのよ」

――そういうものかしら。

仮にそうだとしても、やはり人を鎖に繋いで監禁紛いのことをするのは納得できない。シシーナにだって手元に置いておきたい宝物は幾つもあった。それらは綺麗な石であったり、思い出の品であったり、他者から見れば他愛ない代物だ。

昔飼っていたシシーもその一つ。でも閉じ込めたいとは望んでいなかった。元より生まれてすぐから人に飼育されていた鳥は、外の世界でなど生きてはいけない。大空に解き放てば、あっという間に他の生き物に捕食されてしまっただろう。

――それでも。

もしあの子が本当に空を目指したら、シシーナは扉を開いたかもしれない。たとえその先に苛酷な世界があるとしても、檻の中での平穏を望まないのであれば、その意志に任せたかもしれない。ただ、かの鳥は羽に怪我を負い、それは叶わぬ夢だった。シシーナのもとにきた時点で、羽ばたくことは今後も不可能であるのは明白なほど命も危うかった。

――そういえば、あの子は何故傷を負ったのだったっけ？　それにいつ私のもとにやって来た？　お父様からいただいた？　いいえ、違う……あの子とはオールロの森で初めて出会ったはず。そしてその時、別の誰かが傍にいた気がする。

記憶をたどって考え込んでいると、皇太后に眉間を突かれシシーナは我に返った。

「ここ、皺が寄ってしまっているわよ？」

「……！　申し訳ございませ……っ！」

目上の人間の前で、空想に耽《ふけ》ってしまった。どうしてこう自分はやってはいけない時に駄目な選択をしてしまうのだろう。

「問題ないわ。でもせっかくの可愛らしいお顔が勿体ないわよ？」

謝り倒すシシーナへ微笑み、優雅にカップを口元へ運ぶ皇太后は洗練されていて、とても出自が低いものとは思えなかった。

「あの……っ、先ほどおっしゃった大切なものを失うとは……？」

「レオハルトが幼い頃は正妃のお産みになられた王子も沢山いたし、他の大勢の側室にも子供がいたわ。それこそ、何人いたのか私にも分からない。まぁ、興味がなかったというのも本音なのだけれど。我が君も大概お盛んな方だったわ。私、ちょっと呆れていたのよ」

「は、はぁ……」

ちりばめられた皮肉の反応に困ってシシーナは視線を彷徨わせた。皇太后と先王はそれなりに上手くいっていたもの、と思っていたが確執もあったのだろうか。

「その中の一人、レオハルトと年が同じだった正妃様の息子が裏からも表からもネチネチとレオハルトに嫌がらせをして……実力では剣も聡明さも敵わないから、別の方向に頑張り出してしまったのよ。こう言っては親馬鹿だけれども、あの子外見も悪くはないでしょう？　まともに戦っても、何一つ勝ち目がなかったのね」

「そうですね」

確かに、あんな美しい男はそうそういないと思う。子供の頃はさぞかし天使の如き愛らしさだったに違いない。

「それでもレオハルトが相手にしないものだから、焦れてしまったのね。いつだったかあの子が可愛がっていた愛犬を奪われてしまったの」

「え……」

「仔犬の時から育てていた、家族にも等しい宝物よ。それが突然行方不明になって、見つかった時にはもう……」

その先は言葉を濁し、皇太后は目を伏せた。だが言葉にされなくても充分結末は想像できた。その醜悪な方法には嫌悪感が募る。

「酷い……っ！」

「それからよ。あの子が本当に大切なものを作らなくなってしまったのは。内心では持っていたのかもしれないけれど、表には一切出さなくなってしまった。同じ頃レオハルトが気を許した人も次々に消えていったわ。クビにされてしまったり別のところへ引き抜かれたり……という形でね。中には無実の罪で一族もろとも国外追放になってしまった者もいたわ」

「相手の王子は罰せられなかったのですか……⁉」

「それは無理よ。証拠もないし、何より私たちとは身分が違い過ぎる」

身分の概念はシシーナにも理解できる。だが本質的なところで受け入れ難い。オールロにはあってないも同然の考え方だからだ。

ケントルムに嫁いだ以上、そこの常識にも染まらなければならないのも分かっている。だが、これは承服し難い。いや、したくない。

「でも……っ」

「貴女は優しい子ね、シシーナ。他人の、それもまだ心を許し切っていない相手のために本気で怒れる。レオハルトが望んだ訳が分かったわ。どうかこれからもあの子を見捨てないであげてね？」

捨てられるとすれば、それは飽きられたシシーナの方だろう。皇太后は自分を買い被り過ぎているし、多大な期待には足が竦む思いだ。

けれど、今のこの柔らかな雰囲気の中でなら、胸の内を吐露しても許されるだろうか。

「あの……実はお話ししたいことが……」

「何？　何でも言って頂戴。娘に頼られるなんて素敵だわ」

期待に満ちた目を向けられ、シシーナは言葉に詰まった。義理の娘から相談されたことを純粋に喜んでいるらしい彼女に「貴女の息子に鎖に繋がれたうえに檻へ閉じ込められています」とはさすがに言い辛かった。

「えっと……やっぱりいいです……すみません」

「遠慮しないで。それとも言いにくい内容なのかしら？」

キラリと光った皇太后の瞳は、何かに気付いているようにも見える。見透かすような視線に気まずく目を逸らす。

「そうではありませんが……」

よく考えれば、彼女に相談してなんとかしてもらおうというのは不適切な考えだったかもしれない。やっぱり夫婦の問題は二人で解決すべきだ。それにまだ自分はできること全てをやったとはいえない。シシーナは思い悩み、言葉に詰まった。

「もしかして後宮のことかしら？」

「は？」

予想外なところからの話にキョトンとして首を傾げる。

「仕方ないのよ、レオハルトが即位したての頃は、まだあの子の父親の代からの重鎮が絶大な力を持っていたから、側室は断りきれないうちに増やされてしまったの。レオハルト自らが采配を振るえるようになってからは縮小してはいるけれど、貴女には不愉快な話でしかないわよね」

「え、いえ……一国の王であれば、当然の義務だと思います。ましてケントルムは大国ですもの」

「まぁ。随分理解があるのね。でもそれは、あの子をまだ本気で愛してはいないから出る言葉ね？」

痛いところを突かれてしまった。だが、あのように檻に入れられて話し合いもままならない現状を思えば否定することもできない。

「……ご尊敬申し上げております」

迷った末に出てきた当たり障りない言葉の奥には、様々な思いが秘められている。

「いいのよ。先ほども言ったけれど、気にする必要はないわ。でも、そうね。今後のために側室たちについて少し説明しておこうかしら？　どうせあの子のことだから、ろくに説明もしていないのでしょう？」

何だかおかしな方向に話が転がったな、というのがシシーナの本音だった。正直言ってあまり興味はない。――はずなのに、改めて側室のことを聞かされるとモヤモヤとした澱のようなものが胸に沈む。

レオハルトは彼女たちにも贈り物をして、シシーナにしたように情熱的に抱きしめたりするのだろうか。

――面白くない。

どうしてこんな気持ちになるのか分からず、突き詰めて考えるのも癪に障る。

とはいえ、リズの調査力でさえ明かされなかった事実でも得られれば、儲けものかもしれない。

「では、お願いいたします……」

決して皇太后が考えるような理由ではないのだけれど、シシーナが息子に関心を持ったと思ったのか、満足げに彼女は微笑んだ。

「どの娘もそれなりに美しく、邪険には扱えない家柄の出よ。中でも実質後宮の中心人物なのがイスナーニ。レイモンド国の姫君で、気が強い美人だわ。頭はあまりよろしくはないけれど、気が強く芸事には秀でている。いつもイスナーニと一緒にいるアジィンも美人だけれど、人の前に立つというより裏から策を巡らすタイプね。父親によく似ているわ。どちらも敵に回すと厄介よ。それから彼女たちの陰に隠れていることがほとんどだけれど、トゥリアも忘れちゃいけない存在ね。ああいう女の戦いの場では珍しく大人しい目立たない娘だけれど、その後ろ盾は無視できないものがあるわ。ケントルムとの貿易は一番盛んな国だもの。ただ本人は一番性格も穏やかで、上昇志向もないように見えるわ――表向きはね」

「本当は違う、という意味ですか？」

――怖いんですけど。

人間裏と表があるのは当然としても、周りが敵ばかりでは辛過ぎる。どこかで息抜きくらいはさせて欲しい。

「後宮なんて女の戦場ですもの。簡単に心を許したら駄目よ。他の娘たちも虎視眈々と王妃の座を狙っているとお思いなさい」

恐らく経験に裏付けられた言葉に背筋が震えた。皇太后の唇は弧を描いているが、目はまるで笑っていない。

——無理……！　私にはとても務まらないよ……！

一人の男を奪い合い、寵を得てゆくゆくは国母になるのが大抵の女の望みだ。けれどその『大抵』の中にシシーナは含まれていない。平々凡々、山も谷もなく細く長く生きていきたい——それが彼女にとって最高の夢なのだから。

「あの、どうして私にこのようなことを教えてくださるのですか？」

おずおずとシシーナが問いかければ、皇太后は柔らかく目を細めた。

「せっかく押し付けられたのではなく、レオハルトが自分から選んだお嬢さんだもの……くだらない争いに潰されて欲しくないの。だからこんな話をしたのよ。許してね」

ぎこちない息子夫婦を案じてくれているのだろう。そこには国を憂う立場だけでなく、純粋に子供を想う気遣いが溢れていた。

少しでも早く、異国から嫁いだ花嫁が馴染めるように、息子である王と打ち解けられるように。照れや遠慮を払拭しようとしてくれている。惜しみない労りが嬉しい。

しかし現実にはそんな甘やかな関係ではない。

実際の自分は檻の中で飼われ、鎖で繋がれた存在に過ぎないのだと皇太后に告げたらどうなるだろうか。

しばらく考えた後、今はまだその時ではないとシシーナは結論付けた。もう少し、自力で頑張ってみるべきかもしれない。せっかく縁あってレオハルトと夫婦になったのだし、歩み寄らねば何も始まらない。最初から逃げ腰だったから、上手く意思の疎通がはかれなかった可能性もある。

「それともやっぱり、レオハルトが何かしでかしたのかしら？」

「い、いえ。レオハルト様はとても優しくしてくださいます。私にも多大な気遣いをしてくださって……」

ただ、その方向性が若干歪んでいるだけで。

「会話が、足りないのかもしれません。私の努力が足りないだけです」

「……無理をする必要はないのよ？」

「無理だなんて！　……でも、何かあったら、その……お、お義母様に相談してもよろしいですか？」

勇気を出して呼びかけると、皇太后は破顔した。心底嬉しそうな笑顔は、彼女をより一層美しく輝かせる。

「もちろんよ！　いつでもいらして頂戴」

「ありがとうございます！」

何だか嬉しい。心強い味方を手に入れたような安心感がある。シシーナは抱き締めてくれる腕に安らぎを覚えた。

考えてみれば、レオハルトもこの素敵な女性の血を引いているのだから、きちんと向き合えば分かり合えるはず。シシーナという人間を理解してもらって、共に歩める関係を築いてゆくのも夢ではない。

「何やら楽しそうに話をされていますね」

美声と共に、開け放たれた扉から背の高い人物が入ってきた。

「レオハルト。あら、貴方も来たの？」

「ええ。招待はされていませんがね。我が母上が妻にある事ない事吹き込まないか心配で」

大股で近付いてくる男は、豪華な刺繍を施された上衣を翻し、長い脚を颯爽と繰り出す。金の髪を引き立てるブルーグレイが品良く光沢を放ち、身体に添うデザインはレオハルトの見事な肢体を余すことなく伝えてくる。

夜の一糸纏わぬ肌を知っているシシーナは、無意識に彼の服の下を想像し、赤面してしまった。

美しい母子は二人揃うと華やかさが一際増す。艶やかな笑みを浮かべてレオハルトはシ

シーナの前に座った。

「昼間からフラフラとして……そんなに暇なのかしら？」

「ご冗談を。母上が何を言い出すか怖くて、大急ぎで切り上げてきたのですよ、これでもね」

母親に応えながらも、レオハルトの視線はシシーナを捉えたまま。その瞳の熱さにシシーナは息を呑んだ。

「……女性を不躾に見詰めるものではなくてよ」

「すみません。久し振りに会えたので、つい嬉しくて」

諌める母親の声にも正す気はないのか、口では謝りながらも相変わらず逸らされない瞳の強さに俯いてしまったのはシシーナの方だ。

久し振りも何も、昨晩だって口では言えないようなことを明け方近くまでしたというのに。白々しい物言いに少し苛立つ。

――これはもしかして、余計なことを言うなと牽制されている？

不安と緊張のせいでキュウッとお腹が痛くなる。レオハルトの視線が粘度を増した気がして息苦しい。

「レオハルト……想いはちゃんと言葉にしなければ伝わらないのよ？」

「ええ、もちろん存じていますよ？　当たり前じゃないですか」

「……そう。分かっているなら、いいのよ」

微妙な間の後、皇太后は侍女に新しいお茶を淹れさせた。

その後三人のお茶会は至極穏やかな会話に終始し、シシーナは当初の目的は果たせなかったけれど、来て良かったと思った。レオハルトの知らない一面も垣間見えたし、今後の後宮との付き合い方の参考にもなった。

それに、何だかレオハルトが恐ろしいだけの存在ではなくなってきた気がする。

少しだけ、ほんの僅かだが、彼を身近に感じつつある。皇太后の話を聞いて、レオハルトも普通に母親を大切にし国を慈しむ同じ人間なのだと実感できた。彼が愛情を知っているのであれば、二人の間で育むことも可能だ。

それならば、いつかは自分を愛玩動物ではなく一人の人間として扱ってもらえるだろう。

微かな希望が見えた気がした。

「では、今日はこれでお開きにしましょう。シシーナ、またいつでもいらしてね？」

「はい。ありがとうございます。今日は本当に楽しかったです」

「それは良かった。あら、レオハルトまだいたの？　早く政務に戻りなさいな」

「もう戻りますよ。そう邪険にしないでください」

さすがの獅子王も母親には強く出られないのか、そんな遣り取りはとても微笑ましい。

いつかは自分もそんな軽口を叩けるようになれるように頑張ろうと、シシーナは密かに決意を固めた。

「では私は行くが……シシー、気を付けて帰るんだよ」

「……大丈夫です。リズたちもいますし」

どれだけ心配性なのだ。いくらシシーナでもただ部屋に戻るだけで危険なことなどあるはずもない。そう思って答えたのに、レオハルトは最後まで気遣わしげにこちらを見ている。その視線が以前と比べ少しだけ心地いい。見られているという事実に何故か胸が甘く締めつけられる。彼の瞳の奥に何かを探してしまうのはどうしてなのか。

望むものの正体さえ不明なまま、シシーナとレオハルトはしばらく見詰め合っていた。

その、帰り道。

レオハルトの部屋へ戻る途中、シシーナは足を止めざるを得ない状況に陥った。

皇太后の部屋を辞した後、シシーナは日当たりの良い回廊を歩いていた。枷のない脚は気持ちよく動く。嬉しくて視線を足元に落としたまま進んでいたのだが、周囲の空気が変わったことに気が付いて顔を上げた。

すると通りの向こう側から一際美しく気飾った女性を中心に、沢山の取り巻きたちが付き従っている煌びやかな一団が近付いてくる。

「獅子王様のご側室様方でいらっしゃいます」

不思議に思い見ていると、そっとリズがシシーナに知らせてくれた。

――あれが……

先ほど皇太后が教えてくれた話によれば、彼女たちはシシーナの敵になる。しかし、この先ずっと避けて通ることもできない。

それに、もしかしたら仲良くできるのでは……という希望も捨て切れていなかった。ケントルムに来て以来友人はリズしかおらず、同年代の友人が欲しいという気持ちもある。

まずは挨拶でも交わそう。

そう思ったのだが、何か向こうの様子がおかしい。両者の距離が縮まるにつれ、あからさまに表情が険しくなる。次第に歩く速度が落ちて、最終的にシシーナ側と対峙する形で止まってしまった。

「あら、嫌だ……田舎者は礼儀も知らないのかしら？」

一瞬言われた意味が分からず、シシーナは首を傾げてしまった。これまで向けられたことのない、剝き出しの悪意に反応できなかったのだ。

「イスナーニ様……そのように仰っては可哀想ですわ」

「あら、ごめんなさい。アジィン。私、とても正直な質《たち》なの」

イスナーニと呼ばれた女性は、大輪の薔薇のような艶やかさで、身体のラインを強調するドレスがよく似合っている。肉感的な肢体を引き立てるのは、原色を基調とした宝石たちだ。

彼女の横にいて意見したのはアジィン。切れ長の瞳が美しいが、冷たい印象も抱かせる。銀の長い髪が神秘的で、頭の良さが窺えた。腰の位置が誰より高く、スラリとした肢体がとても魅惑的だ。

更にもう一人――半歩下がった場所に佇む女性はトゥリアと呼ばれていた。他の二人に比べれば華やかさには欠けるが、清楚な魅力を持っている。垂れた両目が優しげで、見ていると癒される気がする。肌の色が白く、淡い色彩のドレスを品良く着こなしていた。

三人三様に系統は違うけれども、共通しているのはどの女性も美しいということ。それぞれが侍女を引き連れているため、その人数たるや相当のものである。もしもすれ違うならば、どちらかが道を譲らねばならないのは必定だ。

「無礼なのはどちらでしょう。シシーナ様は陛下が選ばれた正妃様。どちらが優先されるかは明白なのではありませんか？」

侍女頭の言葉にイスナーニが眉尻を引き上げた。冷たい空気が辺りに漂い、女ばかりが発し合う殺気で場が凍った。

睨み合う両者は一歩も引かない。真ん中に置いてけぼりとなったシシーナを挟んで。

――こ、怖いわっ、お兄様、これが女の戦いというものなの……!?

「そうは仰いますが……婚儀以来、シシーナ様は滅多に人前にもお出にならないご様子。ましてや王妃としての責務を果たしているとは言えませんわ。失礼ですが、小国の末姫様には荷が重過ぎるのではなくて……？」

　たっぷりと皮肉をちりばめ、痛いところを突いてくるのはイスナーニ。眇められた瞳が獲物をいたぶる興奮に煌めいていた。

「陛下には陛下なりのお考えがございます。私共が口出しすることではありませんわ」

　表面上笑顔を絶やさぬ応酬が飛び交う。完全に横へずれる機会を失ったシシーナは、侍女頭と側室との間に挟まれて動くことができないまま目を泳がせた。

「まだこちらにいらして日が浅いのですもの……仕方ありませんわ。追い追い、イスナーニ様がご教授差し上げてはいかがかと」

　アジィンの冷静な発言で、険悪になりかけた場はひとまず落ち着きを取り戻したかに見える。だが実際は誰も目が笑っていない。

「……あまりいい気にならないことね。レオハルト様も今はあなたの物珍しさに気を取られているのかもしれないけれど、直ぐに飽きられるわ。陛下ったら、いつもそうだもの。本当に仕方のない人。どうせすぐ、私のところが一番落ち着くと言って戻っていらっしゃるのよ？　ですからご自分が特別だと勘違いなさらないでね？」

　優雅な仕草に糊塗《こと》された醜悪な本音からは、腐った臭いが立ち上っている。それはキツイ香水や白粉の香りが入り混じった、甘ったるいものだった。

「……御忠告、ありがとうございます」

もはや、仲良く建設的な関係を築くなど不可能だ。いくら鈍いシシーナでも、これほど侮辱されて平静ではいられない。しかも己自身でなく、オールロ全体を軽んじられたのだから。

確かにオールロは辺境の小国である。それは明らかな事実だ。けれど、だからと言って侮蔑の対象になるいわれはない。

「あら、随分素直じゃない。そうね、身のほどをわきまえていらっしゃれば、ケントルムでも上手くやっていけるのではなくて？　大層な遠方からいらっしゃったそうですし、何でしたらこちらの流行など教えて差し上げても宜しくてよ？」

さざ波のような嘲笑が広がった。さすがのリズも、微かに眉をひそめている。

「……お気遣い痛み入りますわ。ですがレオハルト様がなかなか一人の時間を許してはくれませんので、許可をいただきませんと。陛下がいいと仰ったら、是非お願いいたします。今夜にでもお話ししてみますね。親切なご側室様が田舎者の私にもお優しくしてくださったと」

「……っな……っ！」

言外に込めた意味は充分伝わったらしく、イスナーニとその侍女たちは頬に朱を走らせた。アジィンとトゥリアは表情を崩さなかったのが、さすがと言えなくもない。

「では私はこれで」

溜飲は下がったけれど、シシーナの胸の中に巣食う苛立ちはまったく晴れなかった。言われっ放しではなく反撃もしたのに、妙にスッキリしない。

「……ごめんなさいね。どうか気になさらないで」

すれ違い様、それまで無言を貫いていたトゥリアが小さな声で囁いた。驚いて振り返れば、申し訳なさそうに会釈し、怒りを漲らせた一団を追って行ってしまった。

「あ……」

気のせいだったのか、もはや確かめようもない。もし空耳でなければ、側室を一纏めにして失礼な発言をしてしまったことになる。

大股で歩きながら、一歩踏み出すごとに小さな染みが胸中に広がってゆく。ポツポツと広がるそれは、やがて白と黒を反転させた。

「シシーナ様、なかなか格好良かったですわ」

「どこがよ？　結局はレオハルト様の名前にお縋りしたに過ぎないわ」

そうだ。だから気分が浮かないのだ。自力ではなく、人の威を借りた卑怯な方法。しかも敵意のない相手を傷付けてしまったかもしれない。

「……系統は違うけれど……皆綺麗系の美人だったわね……」

そしてこれも、シシーナを沈ませる要因の一つだった。

自分とは明らかに違う女性らしいたおやかな美姫たち。誰もが大輪の花のようだった。

何故か、理由は不明だが面白くない。けれど深く考えるのも不愉快で、シシーナは脚を動かすことだけに集中した。

6.理不尽なお仕置き

数日間降り続いた雨が上がり、気持ちの良い晴天が訪れた昼下がり。

シシーナは久し振りの太陽を楽しむため、いそいそと庭園を歩いていた。隣にはリズ、後方には侍女頭を従えて。

近頃、鎖付きで歩くのに慣れてしまった気がする。それどころか邪魔とも思わなくなり始めた自分に気が付き、自己嫌悪に陥った。

相変わらず色とりどりの花を咲かせる庭園には、オールロの花が数株増えていた。先日は黄色だけだったはずが、今は赤や白も加わっている。種類も増えた。

美しさの点では品種改良の技術が進んでいるケントルムの花とは比べようもないほど貧相だが、故郷の花はやはり特別だ。やはり見ているだけで、心が満たされる。

そんな中で昨夜もレオハルトに搾り取られた英気を養っていると、見覚えのある顔が視界を掠めた。しかしそれは、この場にいるはずのない人物のものだ。懐かしさと、僅かに複雑な心情を抱かせるその顔は。

の間で佇んでいる。

「……ルマノ……!?」

見間違える訳はない。リズと同じようにほぼ生まれた時からシシーナの傍にいる、兄にも等しい人。そして、かつては一番結婚する可能性が高かった人。それが咲き乱れる花々の間で佇んでいる。

「どうしてここに……!?」

「え、シシーナ様？　それにリズも！　うわぁ、こんなに早く会えるとは思っていませんでしたよ。お元気ですか？」

人懐こい笑みを浮かべ、幼馴染は駆け寄ってきた。最後に会った時とまるで変わらない緊張感のない雰囲気のまま。

顔立ちは妹であるリズとよく似ているが、彼女と違い表情豊かなため印象はだいぶ異なる。今も全身から人の良さを醸し出していて、シシーナは肩から力が抜けた。

「その格好……騎士の正装よね？　何かあったの？　まさか戦争……」

「違う、違う。シシーナ様がケントルムへ嫁がれた縁もあって、騎士団も交流しようって話になったんですよ。こう言っては何ですが、オールロは武器も兵力も最低レベルでしょう？　今まではそれで良かったけれど、今後もそうとは限らない。だから先進国であるこちらで学ばせていただこうという流れに決まったんです。それで隊長と俺、あと数人がしばらく滞在させていただくことになりまして」

ボンヤリしているとばかり思っていた父王のバレシウスも、それなりに国の行く末を考えていたらしい。

「そうだったの……」

「それは分かりましたが、何故お兄様がこの庭園を独り暇そうに彷徨っているかの回答にはなっていないと思いますが」

「相変わらず辛辣な物言いだな。リズ」

久し振りに家族に会ったというのに、眉一つ動かさずリズは僅かに立ち位置を変えた。

――あ、ルマノの目から鎖を隠してくれたのね。

さりげない気遣いが嬉しい。だが、同時にすっかりその縛《いまし》めの存在を忘れていた自分が怖い。慣れてどうする。

「今、隊長達は打ち合わせ中なんだ。俺は別に参加する立場にないし、かと言ってボーっと待っているのもつまらないからブラブラしていたら、オールロの花が目に入ってさ。こんなところにも咲いてるんだなぁなんて思ったら嬉しくなって、傍まで来てみたって訳」

「……この一帯には警備の者がいるはずなのに」

「ああ、なんか遠巻きに沢山いたな。そいつらなら、もう友人になったぞ？」

「我が兄ながら、恐ろしい……」

昔からルマノはすぐにだれとでも仲良くなれてしまう。人畜無害な雰囲気が、相手の警戒心を削《そ》ぐらしい。どうやらリズは、そんな兄が苦手のようだが。

「じゃあルマノはしばらくケントルムにいるのね？」

「はい。ひと月はお世話になる予定です」

「素敵！　昔に戻ったみたい！」

シシーナは眼前で手の平を合わせ感嘆の声を上げた。

何も憂いのなかった子供時代には帰れないけれど、ケントルムに来て初めて屈託なく笑えたかもしれない。久方ぶりに晴れやかな気持ちで声を出して笑った。ルマノの手を握り、変わらぬ姿に安堵する。

「せっかくだから、一緒にお茶にしましょうよ」

だが、浮き足立った気持ちは次の瞬間地に落とされた。

「――それは良い提案だ」

「!?」

ルマノのものとは違う、青空に似付かわしくない酷く冷えた声が響いた。麗らかな昼下がりが一気に緊張感の漂うものへと変わる。

「レオ……ハルト様……」

「どうした？　シシー。そんな真っ青になって」

ぎこちなく振り返った先には、こちらに歩いてくる青い瞳を妖しく細めた夫がいた。一見すると穏やかな、余裕ある表情に思える。口角は上がっているし、足取りもいつものように落ち着いている。けれど――

目が、まったく笑っていなかった。

自身を取り囲む空気が泥に変わった錯覚に苛まれる。息苦しくて重たくて、いくら吸い込んでも呼吸は楽にならない。むしろジャリジャリと不快な異物が喉に引っかかる。喘ぐように息を吐きつつ、シシーナはどうにか言葉を押し出した。

「どうして、ここに――」

「いてはまずいのか？　シシーが散策をしていると聞いて、大急ぎで仕事を終わらせたのだが……見られたら困ることでも？」

別にそんなものはない。が、鋭さを増したレオハルトの視線を辿って、初めてシシーナは自分がルマノと手を握り合ったままなのに気が付いた。

「あ、これは」

「別に気にすることはない。幼馴染なのだろう？」

どうして知っているのかと思ったが、ケントルムの皇帝ともあろうものが他国からの使者について何も調べないということはないだろう。それ以前にシシーナ自身のことだって調べ尽くされているはずだ。

「は、はい。このリズの兄で、私にとっても実の兄と変わらない大切な人です」

「ルマノ・デフィーナと申します。オールロで騎士団に属しております」

「聞いている。若いが優秀で将来有望だと」

膝をつき、騎士らしい礼を尽くす幼馴染をシシーナはどこか誇らしげに見詰めた。

――やればできるじゃない、ルマノ！　そうよ、オールロだってただの田舎じゃないってところを見せてよね。

きっとレオハルトも満足してくれるはず、と期待を込めて見上げた先には、想像に反して悪魔がいた。

「――――!?」

「……噂は本当らしいな」

地獄の底から搾り出されたと言われれば、信じたかもしれない。それほど苦々しい怒りに満ち溢れた声だった。思わず震えた足首で、微かに金属の触れ合う音がする。

先ほどまで辛うじて張り付けていた社交的な笑顔の仮面は完全に剥がれ落ち、一切の表情を消したレオハルトは硬直するシシーナを見下ろした。いつの間にか間近に立たれ、その圧迫感に息を呑む。

呼吸もままならず立ち尽くすシシーナから視線を外し、レオハルトは膝を着いたままのルマノへ向き直った。

「妻が世話になったそうだな。礼を言おう」

言葉とは裏腹に、欠片ほどの友好感もその声には宿っていない。けれど暢気《のんき》なルマノにはその重さをまったく感じ取れなかったらしい。

「世話なんてそんな！　子供の頃から知っているだけです。母がシシーナ様の乳母でしたからね。私もオムツ交換なんかを手伝っただけですよ」

刹那、恐ろしいほど空気の密度が変わった。いっそ地面に突っ伏したいと願うほどの圧力で、立っているのも困難な重みがシシーナの全身へのしかかる。

「馬鹿……」

リズの微かな呟きが聞こえた。いくら鈍いシシーナでも、レオハルトの静かな怒りが業火に変わるのが分かった。

「あれ？　急に肌寒くなってきたなぁ」

しかし少しばかり疎いこの男には伝わらなかったらしい。

理由は分からないが、どうやら原因はルマノにあるようだった。

「……それは、なかなか興味深い話が聞けそうだな。しかし先ほどそちらの騎士団長との会談は終了した。早く合流した方がいいのではないか？」

「えっ、それは大変だ！　急いで戻らないと」

剣の腕は優秀だがどこか抜けたところのあるルマノは、上司である騎士団長によく怒られている。大切な会議の最中にフラフラしていたと知られれば、また雷が落ちるのは目に見えていた。

急に慌てだしたルマノは、何度も頭を下げながら慌ただしく立ち去った。

駆けてゆくルマノを見送ったレオハルトがシシーナのほうへ向き直る。

「……これから少しいいかな？　シシー」

「あ、あの、この後はケントルムの産業について講義を受ける予定で」

「そんなものは明日でいい」

被せるように撥ねつけられ、二の句が継げない。それにもう、レオハルトは背中を向けて歩き出してしまった。

「お待ちください、レオハルト様」

慌てて追い掛けたが、いかんせん繰り出す脚の長さがまったく違う。そのうえシシーナは鎖という厄介なものを背負っているから、追い付くのは難しい。必死にガチャガチャいわせていると、立ち止まったレオハルトが振り返った。

「歩きにくいのか。ならば鎖を借せ」

侍女頭から鎖を奪うと、レオハルトはシシーナを横抱きにし、早足で歩き出した。逞しい腕に不安はないが、歩く速さにビックリしてしまう。歩幅がシシーナとはまるで違うのだ。これまで並んで歩く際には分からなかったが、シシーナに合わせてゆっくり歩いてくれていたらしい。

「レオハルト様……っ、」

「喋るな。舌を噛むぞ」

初めてされた命令口調が怖い。抱き上げられたせいで間近に迫るレオハルトの顔は、作りもののように冷たく美しく硬質で、質問を受け付けない雰囲気に、シシーナは口をつぐむよりほかなかった。


連れられた先は予想通り鳥籠の中で、シシーナはやや乱暴に寝台に張り付けられる。言葉もなくのしかかってくる影に、小さな悲鳴が漏れた。

「……っ」

「……怖いのか？　シシー。お前はいつも強張った表情か作り笑顔しか私に見せない。あの男に見せたような、あんな顔は……」

シシーナの顔を挟むように突かれたレオハルトの手の平が固く握り締められ、皺一つなかったシーツに無残な引き攣れが刻まれた。

喉がカラカラに渇いて、自分の心音が煩く鳴り響き、何か言わねばと思うのに舌が麻痺したように動かない。

「答えろ、シシー」

「わ、私は……」

片時も逸らされない視線は、いつもと違ってそれだけで人の命も奪えそうなほど鋭い。嘘や誤魔化しの許されない強制力が、シシーナを縛り上げ締め付ける。

ろくに働かない頭ではレオハルトがどうして怒っているのかを考えることさえ難しく、シシーナは訳もなく首を振ることしかできなかった。

「かつての婚約者に再会して、里心でもついたか？」

「……!?　どうして、それを……!?」

驚いたのは、レオハルトがルマノとシシーナの関係を知っていたことだ。結婚の約束を正式に交わした訳ではなかったけれど、もしもレオハルトに結婚を申し込まれていなければかなり高い確率で婚約していた。

ひょっとしたら今頃、シシーナの隣にはルマノがいたのかもしれない。きっとそれは、甘さや刺激はなくとも穏やかで楽しいものだろう。だが、全て仮定の話で、口約束さえ交わされていない曖昧なものだ。

「想像したか？　今とは違う、幸せな結婚生活でも」

いつの間にか肩に置かれていたレオハルトの手に力が籠る。握り潰されそうな圧迫に、シシーナは小さな呻きを漏らした。

「だが残念だな。いくら望んでも、それが現実になることはない。君の居場所は、既にここだけなのだから」

レオハルトの肩越しに、鳥籠の骨組みが複雑な交差を描いているのが見える。寝台に寝そべったシシーナには、もはや見慣れた形。

「やめてください、レオハルト様。お、怒っていらっしゃるのですか？」

恐怖心より、理不尽に対する苛立ちが優った。最近、せっかく二人の距離が縮まってきた気がしていたのに、所詮こんなものだったのかと失望感が胸を焦がす。期待していた分だけ、裏切られた哀しみが巣食ってゆく。

――他人に懐いた愛玩動物が面白くないだけなんでしょう？

今のレオハルトは思い通りにならないシシーナに不満があるだけのようにしか見えない。有無を言わせぬ物言いにシシーナ自身の気持ちをないがしろにされた気がして悲しくなる。

「怒っているよ？　当たり前じゃないか。自分の妻が他の男と楽しそうに話していたんだからね」

まるで不貞を疑うかのような台詞にカッと頭に血が上った。こちらの言葉など聞く耳も持たないくせに、なんて勝手な言い分なのか。

夫婦とは互いに信じて支え合うものだとシシーナは思っていた。自分なりにレオハルトとそうなれるよう頑張っていたつもりだ。けれど今、それが全て切り捨てられたような気がする。

だいたい、他に相手がいるのはレオハルトの方ではないか。何人もの美しい側室をはべらせておいて、シシーナにはわずかばかりの自由も許さないなんて酷い。

「それくらい……っ、妻だなんて聞いて呆れる……私は貴方の愛玩動物でも奴隷でもないわ！　他の人と仲良くして何が悪いの!?　いい加減にしてください!!」

無作法にも振り上げたシシーナの脚がレオハルトの脇を掠めた。

しまった！　と思ったが、もう遅い。

シン……と、痛いほどの沈黙が二人の間に落ちた。重苦しい静寂が鳥籠の中に降り積もる。

「……だから？」

「だから……って……」

シシーナの望みは話し合いだ。言葉を尽くして互いの理解を深め、普通の夫婦のようになりたいだけだ。それなのにレオハルトの瞳はまるで全てを拒絶していた。

「なんだかんだ言っても、結局は私のもとから逃げ出したいのだろう？　お前は自由な鳥だ。目を離せば広い空へ飛び出してしまう」

「何を……」

「それを防ぐには捕らえて閉じ込めるしかない」

――だからどうしてそうなるの!?

「または羽をもぐかだ」

　ゾッと鳥肌が立った。嘘でも冗談でもない。目が本気だ。秀麗な容姿が暗い影を宿して近付いてくる。口づけを求められているのに気が付いて、シシーナは反射的に顔を背けた。

「……っ」

　嫌、だったのではない。もう何度も受け入れているのだし、今更だ。妻として拒んではいけないことも理解している。

　だが――僅かな意地がそれを拒否した。

　命じられるまま何も考えず身体を開くだけなんて嫌だ。けれどシシーナのそんな行動がレオハルトの怒りに油を注いだ。

「……私を拒むことは許さない」

「……え、きゃぁあ!?」

　布地を裂く甲高い音が響くと共に、シシーナの胸元が外気に触れた。驚いて見下ろせば、無惨な切れ端がレオハルトの手の中にある。

「……っ」

　レオハルトの大きな手がシシーナの手首を摑み、頭上で一纏めにして抑え込まれる。腰を跨がれたせいもあり、身動きは完全に封じられてしまった。

「どれだけ優しくしても伝わらないなら、根こそぎ食らい尽くしてやる」

本性を表した肉食獣が、欲望を滾らせて見下ろしてくる。恐怖でシシーナの呼吸は止まってしまった。

普通の女ならば、我が身の哀れさを嘆いただろう。悲劇の物語の主人公として弱々しく泣いたかもしれない。

けれど、シシーナは違った。

「離してください！」

悔しさと悲しさで頭の中はぐちゃぐちゃだ。レオハルトに信頼してもらえなかったということが信じられないほど胸を抉る。この国に嫁いできてからの日々が頭を過り、拳を握り締めた。その思い出全てを否定された気がしてどうしようもなく切ない。

命の危機とか国のためとか考えている余裕などなく、残ったのはレオハルトに対するやるせなさだけだった。

今引いてしまえば、この先一生関係性は変えられない。そんな確信めいた思いがシシーナを突き動かしていた。

「こんな馬鹿げたことをしなくても私は……っ」

「黙れ」

「……んっ、ふ……!?」

強引に顎を摑まれ口づけられた。すぐに侵入してきたレオハルトの舌がシシーナのものを吸い上げる。痛みを感じるほどの強さに眩暈がする。

「最初からこうすれば良かったのかもしれない……」

何かに突き動かされるように性急に動き回る手が、残ったシシーナの衣服を剝いでゆく。それはいつも通りと言えなくもないけれど、腕の力に余裕を感じられない。引き千切る勢いで、下着も全て奪われた。

「……やっ」

広げられた脚の間にレオハルトの指が差し込まれ、まだ濡れてもいない場所へ捻じ込まれる。渇いた場所が擦れる痛みに悲鳴を上げた。

これまでなら、執拗に解されてきた。しつこいと思えるほど念入りに。だからこそ、雑とも言える愛撫に身体が強張る。それでも、一度火が付いたシシーナの反抗心を挫くものではなかった。

「嫌……っ、やめてください……!!」

こうして押し倒されてしまえば、体格の不利さもあいまって逃れようもない。

それが、堪らなく悔しかった。レオハルトはそういうことはしないと思っていたのに。

最初は恐くて分からなかったけれど、よく思い返せば彼は優しかった。精一杯真摯に対応してくれていた気がする。それがたとえお気に入りの玩具に対するものだったとしても。

「濡れないな……そんなに私が嫌という訳か。それなら……」

刹那、レオハルトがそこに顔を埋めた。生温かな舌が花弁の奥に隠れる蕾を探り出す。

「……はぁっ……！」

鮮烈な刺激がシシーナの背をしならせた。強引に開かされた脚がガクガクと痙攣する。舌で扱かれ、吸い付かれ、たちまち高みに押し上げられた。

「んっ、んぁ、ああっ」

「……好きでもない男にでも感じるんだな。さすがは性に奔放なオールロの姫君だ。淫乱で助かるよ。余計な手間をかけないで済む」

あからさまな侮辱の言葉に胸が抉られる。同時に快楽で萎えかけていた心を奮い立たせられた。

「こんなことをしても……無意味です……！」

どうして分かってくれないのかと悲しみでいっぱいになり、つんと鼻の奥が痛くなる。漏れ出る喘ぎの合間にどうにか隙間を見つけ、シシーナは言葉を紡ぐ努力をした。けれど口を開こうとするたびに与えられる新たな刺激が、それを許してはくれない。

「うるさい……黙れ……！」

「あッ、ああっ……あ――っ」

一息に突き込まれたレオハルトの屹立が最奥を叩いた。みっちりと満たされた肉の壁がざわめいている。押し広げられたばかりで苦しいのに、レオハルトは容赦無く動き始めた。

「あっ、んっ、や……駄目……まだ……っ」

ずちゅ、ぐちゅとイヤラシイ音が下肢から響く。乱暴にされ蔑まれているというのに、しっかり準備の整った自分が恥ずかしくて、目が潤んでしまう。

「嘘は良くない。シシーのここは悦んでいるよ」

軽々と身体を持ち上げられたかと思うと、シシーナは右側を下に横たえられ、片脚を大きく持ち上げられた。中に埋まったままの剛直もグルリと回転する。

「……アッ、あっ」

常とは違う場所を擦られて快感が走り抜けた。無理な態勢で股関節が痛いのに、どうしようもなく気持ちが良い。シシーナが快いところなど、既にレオハルトには知り尽くされている。

「んっ、ふ……あ、あ、あッ……」

小刻みに揺すられると物足りなさで奥が疼き、淫らにももっと埋めて欲しいと強請《ねだ》ってしまいたくなる。シシーナは唇を噛み締め、どうにか堪えようと試みた。

「……っ、やめろ、血が出る」

レオハルトの指がシシーナの口内へ捻じ込まれ、強制的に開かされた顎の力が抜ける。自分の歯で傷つけたのか、僅かに裂けた唇から鉄の味が広がった。けれど目的は達したはずの手は何故か戻されず、いつまでもシシーナの口の中へ留まっている。

「お前の全ては私のものだ。その血も髪も声も。未来や命も何もかも。だから勝手に傷を負わないでもらおう」

それは以前にも告げられた気がする。しかし、あの時は気が付かなかった違和感をシシーナは感じた。

――どうして、その中に『心』を入れてくれないの。

それがない限り、いつまでたっても二人は分かり合えないままだ。

辛うじて動かせる首から上を振り乱して、レオハルトの指を振り解いた。

「わ、私はレオハルト様一人の所有物ではありません……っ」

「……っ！」

愕然と目を見開いたレオハルトの瞳の奥に、シシーナが映っている。不安定に揺れる像がくしゃりと歪められた。

目の前にいるのが、機嫌を取って充分な食事と暖かな寝床を与えておけばいい、愛玩動物ではないと、どうか気付いて欲しい。

一人の人間であり、無力であっても夫を支える妻であると認めて欲しい。

人は貪欲な生き物だ。初めは殺されないことに安堵して満足だったのに、今は対等な関係になりたいと望んでいる。欲張りにもほどがある。

だが短い間でもレオハルトと過ごすうち、それは可能なのではないかと思えるようになった。

恐れているのは自分か彼か。

「ああ、そうか……やはりシシーは私のものになる気はないと……そういうことか」

取り繕うのをやめたレオハルトは獰猛に唸った。人の形をした獣が、今まさに獲物の息の根を止めようとしている。

再開された抽送にシシーナは喉を晒して身悶えた。

「あっ、ぁふ……ッ、ひゃあ……っあ」

ガツガツと突き上げられる度に腰が浮く。頼りなく揺れる足首には陽光を反射する鎖。ひっきりなしに奏でられる金属音が耳障りで仕方ない。

「諦めろ……っ、お前の居場所はここだけ。私の腕の中だけだ」

「……っふ、あッあ、あ――ッ」

まるで何かを刻み込むように幾度も穿たれ、内部から染め上げられる。やがて熱い飛沫がお腹の中へ広がった。しかしビクビクと暴れるものは、硬度を失わなかった。

「……くっ……は、……足りない。まったく満たされない」

「は……ぁうんッ」

抜かれることもないまま、律動は再び始まる。今度はシシーナを四つん這いにして、後ろから荒々しく腰を打ち付けられた。

肌のぶつかる打擲音が淫猥さを掻き立て、二人分の蜜が混ざり合いシシーナの股を伝う。

「……あっ、ぁ、あっ……」

一突きごとに甘い痺れが湧き上がり、開きっ放しになった口からは唾液が零れた。深く抉られて胎内を直接揺さ振られるだけでも快楽が強過ぎて辛いのに、更にレオハルトは膨れ上がったシシーナの敏感な蕾を指で転がした。

「ひ……っ！　ぁあっ、それっ、やだぁ……っ!!」

腰だけでなく手も脚も全てが跳ね踊る。意思とは無関係に制御できない痙攣を繰り返した。

「あぁっ！　も……イ……!!」

限界を超えた向こう側に放り出される。堕ちているのか昇っているのかも分からない。レオハルトの切っ先が子宮の入り口に密着しているせいで、絶頂の高みから下りてもこられなかった。

「……ぅあ……あ……っ」

快感も過ぎると苦痛でしかない。シシーナは体力の大半を奪われて、ぐったりとシーツに沈んだ。けれど繋がりあった場所は高々と掲げたままだ。レオハルトの屹立は未だ硬度を失ってはいない。

「……は、オールロの姫君は、こんなモノじゃ満足しないだろう……？」

「……え!?」

シシーナは愕然と振り返った。もう指一本動かせないとすら思っていたのに、そんな場合ではなくなってしまった。

何故なら後部に慎ましやかに存在する窄まりに触れられたからだ。

「ちょ……っ!?　レオハルト様!?」

空っぽだと思っていた体力はまだ辛うじて残っていたらしい。かなり無理な姿勢で上半身を起こしたため、横腹が痛む。

顔を向けた先には、シシーナの小さくも不浄な場所を凝視するレオハルトがいた。

隠すべき場所を舐めるように見られ、体温が上がる。

レオハルトのものを受け入れているせいで、女たる穴は広がり切ってしまっている。尻を突き出す姿勢を取らされていることからも、後孔は丸見えに違いない。

「おかしなところ……触らないでくださ……ひゃぁんっ！」

クリクリと擽られ、意味深に指先が僅かに侵入してくる。それは撫でているのと変わらないが排泄の器官でしかない場所を弄られて、シシーナの混乱は頂点に達した。

「ひ……っ、やめてぇ！」

シシーナ自身の蜜と吐き出された白濁を充分絡ませ、滑りの良くなったレオハルトの指は次第に大胆な動きへと変化する。

「ここも……私を刻み付けようか……君が知るのは私だけでいい。シシーの初めては全部私のものだから」

「そんな……お戯れを……」

張りつめた空気を少しでも和らげようと笑みを浮かべたつもりだが、うまくいかなかった。凍えきったレオハルトの視線を感じて震えが止まらず、シシーナは小さく喘ぐ。

本当は優しい彼が、シシーナが本気で嫌がることはしないと信じたかった。

「もちろん、本気に決まっている」

つぷりと指が沈み込み、圧倒的な異物感が襲ってくる。

「……っ、や、無理！　駄目です……っ」

どうにか逃れようと足掻くが、レオハルトの大きな身体でのしかかられては、下半身はもとより上半身もろくに動かせない。焦れば焦るほどに体温は上がり、対して冷や汗が溢れ出す。

「……何だ、嫌だと言いながらもここは随分反応している。先ほどから喰い締めて離さないぞ」

言われずとも気付いていた。

レオハルトに後孔を触れられる度、胎内の彼を締め付けてしまい、形がハッキリと伝わってくる。

「ゃあ……っ、違う……そんなんじゃ……っ」

「心配せずとも充分慣らしてやる。お前の身体が傷付くような真似はしない」

本当に気遣って欲しいのは、心の方だ。こんなに近くにいるのにどうして伝わらないいんだろう。

苛立たしくて悲しくて、シシーナの両目から涙が零れた。決壊した感情は、取り繕う言葉を忘れる。

「……怖い、よぅ……っ」

「……っ、！」

愉悦を含んでいたレオハルトの声が驚愕に詰まった。楽しげにシシーナを苛んでいた手も止まる。

「……？」

慄きが、伝わってきた。

レオハルトの浅い呼吸が乱れ、重い沈黙が降りる。

「……煩い……っ」

唸るようなたった一言は、ついさっきのものとはまったく別の色をしていた。何かに耐え、諦めた者の慟哭《どうこく》に似ていて、聞いた側にも痛みを与える。

「……あっ、ゃ、うあっ、あ……！」

抜ける直前まで引き抜かれた昂りが再び根元まで埋められる。既に注がれていた白濁が掻き回されて溢れ出た。その淫らすぎる水音も気にならないほどの強い淫楽で思考力は食い荒らされ、シシーナの眦《まなじり》からは新たな滴が幾筋も伝い落ちた。

「……っ、く」

言葉も交わさないまま獣のように快楽を貪るだけ。イきたくないと堪えても、強制的に高みへと押し上げられる。

「あっ、ああ――――ッ」

「シシー……！」

再び胎内に広がる熱に溶かされて、シシーナの意識は途切れていった。

7. 逃げ出す小鳥

シシーナがギシギシと軋む身体の痛みで目が覚めた時、時刻は既に正午を回っていた。どうやら今日は雨らしいと、だらしなく寝そべったまま思う。と言っても、見て確認した訳ではない。

鳥籠に閉じ込められたせいで窓際には近付けないので、外を見ることは叶わない。ならば何故知ったのかといえば――

「……ぼっさぼさ……」

湿気を吸ったシシーナの髪が収拾のつかないうねりを見せていた。広がりきって、もはやどうにもならない。まして昨夜レオハルトに荒々しく抱かれた後、ろくに梳《と》かしもせず眠ってしまったのだから尚更だ。

「最低――」

天気を知る唯一の方法が、扱いにくい持て余し気味の自分の髪だけとは。情けないを通り越して、もはや滑稽《こっけい》だ。

狂乱の一夜が終わり、後に残ったのは精も魂も尽き果てたシシーナだけ。いつものようにレオハルトは早朝には消えていた。

疲労困憊のシシーナが目覚める時間が遅いせいもあるとは思うが、一度も一緒に朝を迎えたことはない。これだけ何度も身体を重ねていても、同じ眠りを共有できないというのが、二人の関係を象徴している気がしてならない。

夫婦とは両親や兄姉たちのように朝からイチャイチャするものだと思っていたが、自分とレオハルトには適用されないらしい。初めはそれでいいと思っていたのに、今は何だか胸が痛い。

結局シシーナはレオハルトにとって、安らかな時を過ごす相手には成り得ないと突き付けられるようだ。

そして今朝もそれは同じ。

特に昨日手酷く抱かれた身としては、急激に割り切れなさが浮かんできた。今の気持ちを表現するならば、たった一言。

「……やってられないわ」

おどおどビクビクして相手の顔色ばかり窺う女に、自分はいつからなってしまったんだろう。いつの間にか心にまで鎖を掛けられ、檻に閉じ込められていたみたい。

――――逃げてやる。

いくら最強の帝国ケントルムの皇帝といえど、全てが思い通りにはならないのだと思い知らせてやりたいという気持ちがシシーナの中にフツフツと湧き上がる。

具体的な計画も作戦も思いつかないが、シシーナは震える足を床に下ろした。刹那、力の入らない膝が崩れ落ち、気付けば床に這い蹲っていた。

股の間から流れ出る液体については、その正体を考えたくもない。酷く惨めな心地で伏せたまま歯を食いしばった。

「……負けない……っ」

人には絶対見せられない芋虫に似た動きで、どうにかこうにか長椅子までは移動した。惨劇の現場とも言うべき寝台にはいつまでも転がっていたくなかったのだ。

たかが数歩の距離さえ億劫で、ようやく長椅子へ辿り着いた時には息が上がり、眩暈さえ引き起こしていた。繋がれた鎖が忌々しく重い――――はずが、妙に軽いと気が付いたのはこの時だ。そう言えば耳障りな音もしない。

不思議に思い目をやって、シシーナは愕然とした。

そこには、頼りないほど細い自身の足首しかなかった。鎖はもちろん、見慣れた足枷も嵌ってはいない。

「え――――？」

すぐには現状を理解できず触って確かめるも、やはり何も無かった。逆に物足りなく感じてしまうほど、馴染んでしまった物がどこを見渡しても見つからない。

「どうして……」

しばらく呆然としていたが、もしやとシシーナは再び匍匐《ほふく》前進をし、鳥籠の扉に手をかけた。

するとそこは、呆気なく外側へと開かれる。キィ……という軽い音が、嘘にしか聞こえない。

「……逃げられる……？」

敢えて口にしたのは、自分自身に確認したかったからだ。混乱する頭を、少しでも冷静に保ちたい。

するとこの不自然な状況が少しずつ理解できた。

まさか罠、と思い至り素早く周囲を見回し、耳をそば立て、気配を探る。

けれど、レオハルトの寝室は静寂の中に在った。ここへはめったに誰も近付かない。リズと侍女頭、それと数人の使用人だけだ。シシーナの目覚めを知って入室してくる者も、何故か今日はいない。

誰が、何のために。単純に忘れただけか、それとも。だがどちらにしても――

――これは、最大の好機なのではないかしら。

ジワリと手の平に汗が滲む。口の中が渇き、呼吸も速まった。

レオハルトが鍵をかけ忘れたのだろうか。それにしては鎖と足枷も外されている理由が説明できない。やはり何かがしか試されている？　例えば忠誠心であったり、服従の度合いなどを。

グルグル考えるが、当然ながら答えは見つからなかった。

その間も、爪先を前へ出しかけては引っ込めるの繰り返し。

鳥籠を出た瞬間、反逆の意思ありと捕縛される可能性についても考え、シシーナの天秤は不安定に揺れた。

リズが来てくれたら万事解決するのに、今日に限って彼女は現れない。と言ってモタモタ待っていたら、せっかくの機会を逸してしまわないだろうか。

逡巡。期待。疑惑。希望。

ごちゃ混ぜになった感情が膨れ上がって、飽和状態になる。それに仮にも夫であるレオハルトを裏切るのは、抵抗感が拭えない。諦めず話し合うべきだと主張するシシーナが頭の中で拳を振り上げている。

その時、部屋の外を人が通過する足音がした。

「……っ！」

別にシシーナ自身の過ちはなく何らやましいことはないのに、身体は正直に強張り、よろめいた。

全身全霊で廊下の物音へ耳を澄ませば、遠ざかる物音が消えてゆく。単純に、部屋の前を横切っただけらしい。

止まっていた息を吐き出し、暴れる鼓動を宥めようと下を向いたシシーナの瞳に映ったのは、毛足の長い絨毯に埋もれる自身の足だった。

「……ん？」

鳥籠の中の、春を思わせる床とは柄が違う。黒と白で統一された、落ち着いていながらもどこか寒々しく淋しいその色彩。

「ああっ」

縺れた足が着地した先は、鳥籠の外だった。

「わ、私の馬鹿っ」

慌てて戻ろうとしたが、そこでハタと気が付いた。

――これは神の思し召しじゃないの？

どうせ何を言っても無駄なら、言葉を尽くすのは無意味だ。それより行動で示す方が有効かもしれない。

レオハルトはシシーナの言い分など、真剣に受け止めてはくれない。むしろ何か怖がっているのかと思うほど、会話を先延ばしにし快楽で隙間を埋める。

真っ向勝負が不発ならば脇道から飛び出すか、背後から襲いかかるしかあるまい。

これは決して自身を正当化しているのでも、断じて逃げ出す理由を後付けしているのでもない。言わば戦略的撤退だ。

一度閃いてしまった考えは、忘れようとしても存在を主張する。さも、それこそが唯一の正しい方法な気がしてならない。

しかし衝動に駆られた行動の結果を想像すると脚が震える。だが胸の高鳴りが本当の望む答えを指し示している。

「考えたって仕方ない。行動あるのみよ……!」

しゃがみこんで嘆いているだけなんてまっぴら御免だ。シシーナ本来の性格はもっと大らかで無鉄砲。自由で無謀な気質だったはず。ここ最近すっかり忘れてしまっていたけれど、普通の姫のように狭い場所に閉じ込められて満足できる人間ではない。

廊下へと続く扉までの距離が酷く遠く感じた。息切れしそうな圧迫感の中、覚束ない足取りで進む。けれどシシーナの瞳の輝きは一足ごとに増していった。

後のことは、後で考える。

重厚感のある重い扉は、明日への希望を象徴していた。

丁度その頃、とある部屋でとある人物が苛立ちも顕《あらわ》に花を毟《むし》っていた。早朝綺麗に活けられていたはずなのに、今やもう見る影もないボロボロに千切られた花弁が無惨に床に散っている。

　女はそれを足で踏みにじり、草の汁で汚れた指を忌々しく見やる。

「拭いて頂戴！」

　不機嫌な主の様子に怯えた侍女が大慌てで駆け寄ってきた。その手には柔らかなタオルが握られており、恭しく命令通りに拭うが、震える手は力加減を間違えた。

「痛い！　この愚図！」

「きゃあ！」

　少し強めに擦ってしまったせいか、女の白い手には赤い筋が引かれた。きめ細やかな肌は擦り傷が目立ち、それを見る女の頬も見る間に赤く染まる。

　怒った女に突き飛ばされた侍女は壁際近くまで転がった。まだ年端もいかない少女だ。

「申し訳ございません!!」

　すぐさま起き上がった侍女は床に頭を擦り付けて謝罪する。

「何度言ったら分かるの!?　私は肌が弱いのよ!?　もっと丁寧に扱って頂戴！」

　足元に跪く少女を無感動に睨《ね》め付け、女は顔を歪めた。

「お前、この仕事向いていないんじゃないの？　国に帰ったらいかが？」

「そ、そんな……どうか、どうかお傍に置いてくださいませ！」

必死な懇願を見下ろして、女の中で歪《いびつ》な喜びは隠せないほど膨れ上がってくる。未だ頭を下げ続ける、年若い少女の頭目掛け、手にしていた花瓶を逆さにした。

「きゃ……っ、つ、冷た……っ！」

当然中に入っていた水は全て零れ落ち、びしょ濡れになった侍女は呆然としていた。花瓶の中に残っていた葉や茎が頭や顔に貼り付き、惨めなことこの上ない。

「あら、床が汚れてしまったわ。早く掃除してくださる？　目障りだわ」

「……かしこまりました……っ」

涙を堪える少女は痛々しかったが、誰一人庇う者も手を貸す者もいなかった。室内には他に三人もの人間がいたのに、皆、主の気紛れなやつあたりをとめるなど恐ろしくて考えもつかないのだ。

何故なら、明日は我が身。

いつ何が切っ掛けで、自分へと攻撃の矛先が変わるか分からない。実際そうやって何人もの仲間が辞めていった。

自分ではない別の誰かが生贄のうちは安全——そんな薄暗い卑屈さが場を支配している。

「ところで、あの田舎者はまだレオハルト様の寝室に居座っているの？」

「は、はい。ほとんど外にも出られません。たまに庭園を散策されても侍女頭がベッタリ張り付いていますし、多数の騎士が警備にあたっています。近付くことは疎か、遠目から窺うことも難しいです。ただ先日陛下の命令で各国からの珍しい贈り物が集められ、全てあの方に贈られたとか……」

「何ですって!?」

女は裂けんばかりに目を見開いた。そうすると、せっかく整っている顔立ちが台無しになってしまう。

「私だって一度もいただいたことがないのに、どうして、あんなつまらない女が……！　オールロなんてどこに在るのかも分からない小国じゃない！　レオハルト様にとって、何の助けにもならないわ！」

唾を飛ばし空になった花瓶を叩き付けた。淑女からは程遠い言動だが、一度こうなってしまった彼女は止まらない。普段は外聞を気にして己を律しているけれど、箍《たが》が外れてしまうと暴虐の限りを尽くす独裁者だ。それを理解している侍女たちは黙って嵐が過ぎるのを見守るより他なかった。

「気に入らないっ、気に入らないわ！　どうして私ではなく、あんな冴えない小娘にレオハルト様は入れ上げるの!?　最近ではこちらにはろくにお渡りもないじゃない。このままじゃ皇帝の子を産んでケントルムの国母になるという私の望みが叶えられなくなってしまう……！」

「し、失礼ながら、陛下はたまたま手にした目新しい玩具に気を取られているだけです。一時的なものですよ。すぐに興味を無くすでしょう」

「それまで私に待てと言うの!? この屈辱に耐えろとでも!?」

正面から睨み据えられた侍女は小さく悲鳴をあげた。

「も、申し訳ありません!」

女は美しく磨かれた爪を自身の唇に当てた。それは考え事をする時の彼女の癖だ。

「他の二人に負けるのは、まだ我慢できるのよ? 結局、最終的に勝つのは私ですもの。だけどあの小娘だけは許せないわ。たかが辺境の小国の王族なんて、ケントルムの下級貴族よりも軽い存在じゃない。レオハルト様を真実お支えできるのは私だけよ……!」

側室として嫁いで数年。すぐに王妃になれると踏んでいたのに現実はなかなか思う通りにはいかなかった。それは単にレオハルトが戦で国内にいないことが多いのに他ならない。そのうえ既に女王然と振る舞う他の女が後宮には居座っていた。別に寵姫でもない癖に目障りなことこの上ない。だが上手く使えば便利と踏んで、今までそれなりに付き合ってきたのだ。

もちろんいずれは蹴落とす気満々だったが。

そんな中に突然割り込んできた貧相な娘を思い出し、女は眦を吊り上げた。

彼の隣に侍るべきは自分だけ。他は皆邪魔者。利用価値があるなら目を瞑《つぶ》ってやらないでもないけれど、そうでないなら排除するのみ。

「どうにかしてあの娘をレオハルト様から遠ざけなければ……」

だが、いい方法が思い付かない。今現在レオハルトが気に入っているだろう遊び道具に手を出して、彼から余計な不興を買いたくはなかった。いくら怒りに我を忘れても、女にそれくらいの判断力は残されていた。

「あ、あの……これはまだ未確認の情報なのですが……」

床に這い蹲っていた少女が恐る恐る顔を上げ、不機嫌な主を上目遣いで窺った。叱責ではなく先を促す主の視線に背中を押されたのか、大きく息を吸い込む。

「シシーナ様が……行方不明になられたそうです」

「何ですって!?」

「ヒッ、申し訳ありません!!」

あまりの剣幕に、少女は頭を抱えて蹲った。そのまま震えながら縮こまるが、女がそれを許すはずがない。

「もっと詳しくお話しなさい！」

髪を摑まれ強引に上向かされたせいで頭皮が引き攣り、痛みで少女の瞳に涙が滲んだ。

「は、はい……洗い場で働く友人に聞いたのですが……この数日、運ばれる食事量が変わったとか……それに陛下が不機嫌という噂も……っ」

女は、薄っすらと微笑んだ。

「……そう。とても面白そうなお話ね。お前、よくやったわ。褒めてあげる」

最悪の状態から珍しく機嫌の良くなった主に、少女はホッと胸を撫で下ろした。これで先ほどの失敗も帳消しになる。

「もっと調べていらっしゃい。貴女たちも、全員よ。……ふふ、ようやくレオハルト様の間違いを正して差し上げられるわ……」

穏やかな笑みは、内面の腹黒さをすっかり覆い隠していた。

「平和、だわ……」

美しく咲き誇る花々の中で、シシーナは安息を噛み締めていた。空には自由に飛び交う小鳥。風に乗って漂うのは甘い香り。色彩の海は凪いでいる。

庭園の中心部に在る噴水は女神の掲げる甕《かめ》から水が流れ落ちる仕掛けになっていて、その背後には護るように付き従う獅子が控えていた。

――どうしても女神が獅子に捕食される一歩手前に見えてしまうのよね。

それは己の心象が見せる幻だ。神話では女神の盾として黄金の獅子が牙を奮うのだから。それでも、身を低くし飛びかからんばかりに躍動感のある獅子は、狙う先が敵ではなく女神そのものな気がしてならない。

「まるで私とレオハルト様みたい……」

自分を女神へ重ね合わせるなど傲慢も甚だしいが、何も気付かずのほほんと水遊びに興じる彼女の無防備さはシシーナに通じるものがあり、見れば見るほど間の抜けた顔に思えてしまう。

溜め息を吐き、問題の噴水からは視線を引き剝がした。

改めて見渡した庭園には、当然ながらオールロの花は咲いていない。

シシーナは今、王城からは少し離れた離宮に滞在していた。

ある人物を頼り、その好意に縋って安寧を得ている。数日前までの狂乱の日々が嘘のようだ。しばらく日向《ひなた》の中でぼぉっとしていると眠くなってきてしまう。あの檻の中で唯一惜しいと思えなくもないのは、望む通りの勉強ができたことかもしれない。今は正直、暇で何もすることはない。だが、不満を漏らしては罰が当たる。

「シシーナ、お茶にしましょうか」

「お義母様……！　申し訳ありません、探しにいらしてくださったのですか!?」

和やかに現れた皇太后へシシーナは慌てて淑女の礼をとった。

「丁度私も外の空気を吸いたかったの。さ、今日は薔薇を使った菓子を用意させたのよ。是非貴女に食べてもらいたいわ」

テキパキと準備されたテーブルの上には、瞬く間に茶器が配膳された。天気の良い日、皇太后はこうして屋外での飲食を好んだ。

「私は庶民と変わらない出身だから、あまり堅苦しいしきたりには拘らないの」

そういう面は、シシーナと通じるものがある。初めは近くにいると緊張して仕方なかったけれど、今はすっかり居心地が良くなっているのはそれが理由だ。

衝動的にレオハルトの部屋から逃げ出して以来シシーナが身を寄せたのは、皇太后の元だった。

あの日、どうにか人目を避けて辿り着いたのは、城内で唯一覚えていた彼女の部屋の前。皇太后は突然現れたシシーナに驚いてはいたが、何かを察したのか人払いをし、部屋の中へと迎えてくれた。

レオハルトとの間に起こったことの全てを説明できないシシーナを責めもせず、静かに抱き締めてくれたときには涙が零れてしまった。

そしてシシーナが離宮に滞在するのを許してくれたのである。

だが、こうして無事に逃げられたとはいえシシーナには一つ気がかりなことがあった。リズのことだ。結局何も告げずに部屋から逃げ出してしまったのだから、心配しているかもしれない。もしやシシーナを逃がしたとして罪に問われてはいやしないかとも思ったが、皇太后によるとそれは大丈夫らしい。

リズのことだから、上手く立ち回っているに違いない。あらゆる意味で優秀な彼女に抜かりはないだろうし、丁度ルマノもケントルムにいるのだから、無下に扱われることもないと思う。どちらにしろ、安心していいと皇太后は保証してくれた。

「うわぁ、とても綺麗な砂糖菓子！」

様々な気遣いをしてくれる皇太后のためにも、萎れた姿は見せられない。無理やり明るく振る舞うことにしている。

薔薇の花弁を模した小さな芸術品が白い皿に並んでいた。黄色、青、ピンクと様々な色を咲かせ、庭園の花々にも負けてはいない。

「うふふ……やっぱり女の子はいいわねぇ。綺麗なものや可愛いものがよく似合うわ。レオハルトじゃ見た目よりも味、それよりもお腹が満たされるかどうかの方が重要なのよ？つまらないわ」

油断し切っていたところに出された名前は、シシーナの無防備な心を見事に削った。

もちろん忘れていたのではない。けれど意識的に頭の隅へ追い遣っていたのは事実だ。もう少しだけ、ぬるま湯の中に浸かっていたかった。

「……あの方は……お元気でしょうか？」

「馬鹿息子はいつでも元気よ」

優雅に笑う皇太后の顔に皮肉は微塵も浮かんでいなかった。むしろこの状況を楽しんでいるらしく、瞳は好奇心に満ち溢れている。

「少しばかり苛々しているみたいだけれどね」

続く言葉にシシーナは咀嚼していた菓子をのどに詰まらせた。

「……んっ、ぐ……お、怒っていらっしゃいます……よね」

普通に考えれば、激怒していないはずがない。それとも気に入りの小鳥が逃げたと嘆いているのだろうか。

「さぁ……？　何だかあの子に怒っていて欲しいように聞こえるのだけれども？」

我が子の悪戯を見つけた母親のような表情で、皇太后は首を傾げた。

「滅相もない……！」

それは本音だが、ごく僅か嘘が含まれている。心の奥底、沈殿した想いの中ではレオハルトが感情を曝け出してくれるのを期待していた。真綿に包まれ、愛でられるだけの愛玩動物のようにではなく、きちんと彼の妻として扱って欲しい。それは贅沢な望みなのだろうか？

これまでぶつけられたレオハルトの激情とは違うものを見たい。

支配欲や独占欲だけでない、別の情を自分に向けてほしいと願っている。

「何があったのかは聞かないわ……夫婦のことは母親に言いにくいこともあるでしょうし。それに私は女を不安にさせる男など滅びればいいと思っているのよ。可愛い娘が手元にいるのだし、今の生活に不満はないわ」

「お義母様……私……」

「すぐ結論を出す必要はないと思うわ。ゆっくりお考えなさい。そうね、ここに籠ってばかりでは気が滅入るでしょう？　護衛を付けるから街を見に行ってはどう？」

　魅力的な提案にシシーナの心は少なからず揺れた。だが、お世話になっている身でそんな娯楽を楽しんでいいものかという躊躇いもある。

　そんなシシーナの逡巡を嗅ぎ取ったのか、皇太后は柔らかく微笑んだ。

「貴女に元気がないと、私も淋しいの。本当は一緒に行きたいのだけど、ごめんなさいね。今日は公爵夫人とのお約束があるのよ。だからシシーナ一人で楽しんできてね？」

　そう言われてしまうと遠慮するのも憚られる。曖昧に頷いているうちに、シシーナが出かけることは本決まりになってしまった。

　こうと決めたら行動の早い皇太后は、手早く御付きの者を手配し馬車の準備も指示を飛ばす。そうして僅かな時間の後には、もうシシーナは街中にある宝飾品の店へと運ばれていた。


　煌びやかな店内は王族や貴族御用達なのか、どこぞの城かのように飾り立てられていた。

どの装飾も見かけだけではない品の良さと高級感を放っている。

店舗の立地自体大通りからは少し外れ、居並ぶ他の店も敷居の高さが窺える。つまり庶民には入りにくい一角に、それは在った。

「正直、宝石とかよく分からないのだけれど……」

皇太后には好きに買い物をしていいと告げられたけれど、そんな図々しいことはもちろんできるはずもなく、先ほどからシシーナはぼんやり眼前の芸術品を見ていた。

それは大好きな緑を基調にした大振りな指輪だ。シシーナの指には大き過ぎるし、若い娘の着けるデザインでもない。けれど色が綺麗だと思った。覗き込むと赤や黄色が石の中に瞬く。

「そちらがお気に召しましたか？」

「へ!?　……あ、いいえ、その……野原みたいだと思って……」

ところどころに花を咲かせた草原を思い出す。懐かしいオールロの風景に似ている。

「そうですね。けれどお嬢様にはこちらの方がお似合いかと……」

出された商品は淡いピンクの石をダイヤで取り囲んだ可憐な指輪だ。お忍びで訪れたシシーナは身分を明かしていなかったし、供の者も男女一人ずつしか連れていなかったため、どこかの貴族のお嬢様と思われたらしい。

「あ、とても可愛いですね」

「そうでございましょう？　職人の最高傑作です。揃いの首飾りもございます。どうぞお手に取ってお確かめください」

　小振りな割にズシリとした重みが、値段そのものな気がして怖い。けれどシシーナの白い肌には良く映えた。

　――本当に素敵……でもレオハルト様が下さったあの髪飾りの方が何倍も……

　置いてきてしまった宝物の一つを思い出し、チクチクと胸が痛む。こんな時に懐かしむのはどこか卑怯な気がした。自分で選んで踏み出したはずなのに、身勝手にも傷付いている。

　いったい自分はどうしたいのか。

「あの……とても素敵なのですけれど、今日はやめておきます」

　気まずい心地がして、シシーナは席を立った。背後からかかる店員の声を振り切り店外へ出れば、眩しい陽光が降り注いでいる。

「シシーナ様、お気に召しませんでしたか？」

「いいえ、違うのよ。ごめんなさい、私宝石とかよく分からないの」

　気遣わしげに問いかけて来る従者に力なく笑みを見せた。せっかく連れてきてもらったのに、申し訳ない。

「そうですか……では次はどちらに向かいましょうか？　何かご希望はありますか？」

「そうね……自然が多いところ……かしら」

ケントルムはどこも清潔で整備されている。そこに住まう人々も生き生きとしていて活気がある。道中で見かけた市場には新鮮な野菜や果物、作りたての肉料理が所狭しと売られていて、物資の豊富さにシシーナは目を奪われた。他にも珍しい織物や異国の置物、装飾品が溢れんばかりに並べられている。

建物も立派で天を突くほど高くそびえるものもあり、その建築技術には舌を巻く。複雑な模様を描く石畳はずっと遠くまで続いていた。

その都会振りには感動したが、今のシシーナには何の変哲もないオールロが懐かしかった。故郷を想わせる石を見たせいかもしれない。無性に自然の中に身を置きたくて仕方なかった。

「自然……ですか。では植物園などいかがですか？　最近新たに建築されたのです。遠い異国の花々も見られますよ」

「植物園……」

「はい。温度を調整して南国の花や草木を楽しむことのできる施設です」

聞かされてもピンとこなかったが、シシーナには想像もつかない技術力が駆使されているのだろう。そう思うと、興味が湧いてくる。

「面白そうですね。是非行ってみたいわ」

「かしこまりました。ではすぐに馬車を呼んで参ります。しばらく店内でお待ちいただけますか？」

侍女を指し示し従者は言ったが、シシーナは首を横に振った。

「何も買うつもりのないお店に戻るなんて、申し訳ないわ。私も一緒に行きます。大した距離ではないでしょう？」

店が面している通りはあまり広いものではなく、シシーナを乗せた一際大きな馬車を目の前に停めることはできなかった。その為、少し離れた場所で待機している。

「でも……」

「私、歩くのは好きよ。それにその方が色々見られて楽しいわ」

困惑する従者を急き立てて歩き出した。そこかしこから食べ物の美味しそうな匂いが漂ってくる。人々の喧騒も心地良い。そのどれもが生命力に溢れていてシシーナを惹きつけた。

「ケントルムは、本当に良い国ね」

経済は発展しているし、国民の生活は安定している。男女の区別なく、努力すれば開かれる学問の扉。

人々の顔を見れば、その暮らし振りに満足していることが窺えた。オールロよりも身分制度が根強いのは難点だが、医療技術や文化の成熟具合などは比べようもない。総合的に見て、理想的な国家と思えた。

「ええ。全てレオハルト様のお力の賜物です。あの方の代になってから、沢山のことが改善されましたから。国民は皆感謝しております」

まるで我がことのように従者は胸を張り、頬を紅潮させた。尊敬を湛えた瞳が言葉以上のものを伝えてくる。

「以前は貴族しか受け入れなかった学府や病院も、今は庶民にも平等に開かれています。暴利を貪っていた悪徳貴族は軒並み処罰されましたし、戦争も減りました。私たちにとってはいい事ばかりですよ」

「そう……」

聞いていた話は、所詮無責任な噂話に過ぎなかったということか。抱いていた恐ろしい印象の靄《もや》が晴れると、薄々予感していた通りまったく違うレオハルトの人物像が見えてくる。

「逃げてばかりじゃいけないわよね……」

痛いほど分かっているが、今更戻る機会が見つからない。あれほど鼻息荒く出奔したはずなのに、どの面提げてというのが脳裏を過る。

それでも日数が経ち冷静になるに従って、会いたい気持ちは募っていった。

そう。色々なものを省いて解きほぐすと、実にシンプルな結論にシシーナは至っていた。

――レオハルト様にお会いしたい。もう、見捨てられている可能性もあるけれど。

会って確かめたいことがある。そうでなければ、前にも後ろにも進めない。迷宮に迷い込んでしまった自分の心も、きっと解きほぐせる気がする。

その時、思い耽るシシーナの耳に甲高い女性の悲鳴が届いた。

「きゃあああーっ！　泥棒よ！　誰か助けてぇえっ!!」

「!?」

通りの向こう側で慌てふためく貴婦人。その視線の先には駆け去る男。手には一見して女性物と分かる不釣合いな鞄が握られていた。状況は一目瞭然だ。

「た、大変っ！　ねぇ貴方、あの不届き者を追いかけて捕らえて頂戴！」

反射的に横に立つ従者の背中を押す。戸惑う彼に「早く！」と促せば、弾かれたように走り出した。

「すぐに戻ります！　シシーナ様はそこを動かないでください……！」

「ええ、くれぐれも気を付けてね……!!」

どんどん小さくなる二人の背中に声を張り上げたが、届いたかどうか。思わず追わせてしまったけれど、危険な目に合わせはしまいかと急に不安になった。

「シシーナ様……」

シシーナは青褪めた侍女に微笑んで見せ、通りの向こう側へと渡った。呆然と立ち竦む女性を保護しなければならない。

「貴女、大丈夫？　どうか気をしっかり持ってね」

　近寄ると、遠目に見たよりも若い娘であることが分かった。彼女は今にも倒れてしまいそうな儚さで小刻みに震えていた。

「は、はい……あの、その……」

「大切なものが入っていたの？　すぐ警備の者を呼びましょう」

尋常でない様子の娘を落ち着かせるため、そっと肩を撫でてやる。弾かれたように、彼女が顔を上げた。

「た、助けてください……！」

「ええ、もちろんよ。騎士団の詰所はどこかしら？」

「あの、すぐ……そこです」

微妙な間は動揺しているせいだろう。そう判断してシシーナは少女の手を取り軽く摩ってやる。

「では一緒に参りましょう。きっと取り戻せるから、安心なさって」

シシーナの言葉に、少女は昏い瞳で頷いた。

8．囚われの王妃様

小鳥の鳴き声が聞こえる。弱々しく、今にも途切れてしまいそうなそれは、聞いているだけで胸が軋んだ。

シシーナはその声を辿って先ほどからオールロの森を彷徨っている。

――お父様は一人きりで森に入ってはいけないと言うけれど、誰かに告げればきっといい顔はされない。姫らしくないと怒られてしまう可能性もある。だからいつもこっそり城を抜け出していた。

小さな手足を必死に動かして、生い茂った草木を掻き分ける。綿毛のような髪に葉っぱが付いても気にしない。今日はリズと喧嘩したから、少しだけ機嫌が悪かった。

生まれた時から約八年、ずっと傍にいる侍女であり親友。時に辛辣な彼女に苛立ってしまうこともある。大抵はあちらが正論過ぎてシシーナが言い負かされてしまうのだが。そのうえ今日の諍いは切っ掛けが些細なもの過ぎて、理由さえ思い出せないのが余計に腹立たしい。

――――何よっ、リズの馬鹿っ。あんなに怒ることないじゃない！

と言っても、リズが声を荒げることはない。いつも冷静に、懇々とシシーナの間違いを説く。それが非情に怖いのだ。同い年とは思えぬ冷静さが、逆に罪悪感と反発心を刺激する。


そんな訳で、シシーナは彼女を困らせてやりたい気持ちもあって、今森の中にいた。

城の裏に広がる豊かな森は小動物が生息する平和なもので、春には沢山の花々が咲き誇る。少し奥に入ったところに樹々が途切れる開けた場所があり、そこがシシーナのお気に入りの憩いの場だ。

花を摘んで野生の兎とでも戯れれば、きっと気が晴れるに違いない。そう思って進んでいたのだが、葉擦れに混じって耳に届く鳴き声にいつしか引き寄せられていた。

そうしてようやく辿り着いた木の根元で、一羽の傷付いた雛を見つけた。

おそらく樹上の巣から落ちてしまったのだろう。まだ生え揃わない羽毛の隙間に赤いものが見える。

「可哀想に……」

しゃがみ込んで抱き上げようとした時、シシーナに影がさした。

「どうせすぐ死んでしまう。放っておけばいい」

「!?」

聞き慣れない若い男性の声に驚いて見上げれば、そこにはシシーナを見下ろす青年が立っていた。黄金の髪が陽の光に透け、艶やかに揺れている。通った鼻筋に形の良い唇。絵画で見る天使のような美しさ。けれど青空のように真っ青な瞳は、どこか翳って見えた。

「……お兄ちゃん、誰？」

この森は城の敷地内なので、普通の人間は入ってこられないはず。それに青年の身に付けている服や立ち居振る舞いを見ると、かなり高貴な身分の相手だと分かった。

――そういえば、お父様がどこかの国の方々が逗留《とうりゅう》するとか言っていた気がする……まだ成人していないシシーナは賓客の前に出ることはまずない。だから詳細は教えてもらっていなかったが、確か争いを治めるために戦地へ向かう騎士団へ一時の安らぎを提供したとか。

「戦争に……行く人？」

何の気なしに零れたシシーナの言葉に、青年は痛みを覚えた顔をした。

「……そうだよ。それよりも、その小鳥……どうせ死ぬのだから早く楽にしてやった方がいい」

「……！　何でそんな酷いことを言うの……!?」

冷たく言い直され、愕然とした。本気なのだとしたら、信じられない。

「巣から落ちた雛は親鳥にだって見棄《す》てられる。しかも怪我をしているのじゃ、助かる見込みはない」

無表情になってしまった美貌が、殊更冷たく見えた。

「まだ手当てすれば助かるわ！」

「どうかな？　その様子じゃもう飛ぶことは叶わない。鳥が地べたに張り付けられるなんて死んでいるのも同じだ。無理やり生かそうとする方が、人間の傲慢さだよ」

「それを決めるのは貴方じゃあない！」

そんな突き放すような冷ややかな台詞をぶつけられたのは、生まれて初めてだった。だからとても悲しくなってしまう。

「確かに私が助けたことで、この子は不自由な生き方をするようになってしまうのかもしれない。でも不幸かどうか決めるのはこの子自身よ！　貴方じゃない！」

手の平の中で頼りない重みが身じろいだ。トクトクと脈打つ熱が、小さな命を伝えてくる。

「まだ生きているもの……見捨てることなんて、できない……っ」

「……楽にして欲しいと……望んでいるかもしれないのに？」

「それでも……っ！」

鳴き声は苦しみに喘ぐと言うより、『助けて』と叫んでいるように聞こえた。ただの勘違いでも、そう届いたのだ。だからシシーナは自分の持つ少ない語彙の中からどうにか目の前の青年を説得したいと顔を上げた。

そこで、虚無を湛えた瞳にぶつかった。

「……それは、お兄ちゃん自身のこと……？」

何故そんなことを言ったのか分からない。けれど次の瞬間には、初めて人間らしく表情を変えた彼がいた。見開かれた瞳に様々な感情が揺れ動く。驚愕、困惑、羞恥。そして
——哀切。

「泣かないで……」

現実には彼は涙など零してはいなかった。むしろシシーナの不用意な発言で目尻に怒りの朱が走った。

「……っ、煩い……！　お前みたいな子供がどうして……っ!!」

今までそんな風に年上の男性に怒鳴られたことがなかったシシーナは恐怖に慄いた。涙で滲んだ視界で、青年の顔も霞んでしまう。だから、彼がどんな表情を浮かべていたのかは分からない。そもそも、この出来事の記憶さえシシーナの中で曖昧に溶けてしまっている。

——ああ、これは過去の思い出だ。もう十年近く前の……

それが夢だと認識するにつれ、シシーナの意識はゆっくり浮上していった。

「痛……」

頭が割れるように不協和音を奏でている。身じろげば手首が痛む。それも身体の後ろ——背中側で。足首も固定されているのか上手く動かせない。そして、酷く埃っぽい空気が不快だった。

シシーナは震える目蓋を押し上げたけれど、薄暗い闇の中にボンヤリ浮かぶ影を捉えることしかできず、辛うじて堅い床の上に縛られて転がされているのだけは理解した。

「どういうこと……」

「シシーナ様……っ、目を覚まされましたか……!?」

姿は見えないけれど、すぐ近くに共に街へ出た侍女がいるらしい。その事実にシシーナの気持ちは随分落ち着いた。

「申し訳ありません……! 私が付いていながら、このような……!」

ゴソゴソと蠢く気配から、彼女も拘束されているのは想像できる。痛々しい涙声が、逆にシシーナを冷静にさせてくれた。

「私は平気よ。貴女はどこも怪我などしていない?」

取り敢えず骨に異常はないようだし、出血もしていないのはでき得る限り確認した。

「私のことなど……っ、ああ、忌々しい……っ! シシーナ様のお優しさに付け込むなど、何て酷い……!!」

「私……何があったのか良く覚えていないのだけれど、貴女は知っている?」

「もちろんですとも! あの娘……騎士団の詰所へ案内すると言って、仲間のところへシーナ様を連れ込んだのですわ。最初からそれが目的で……口惜しいっ、鞄を盗まれたというのも全て仕組まれたことだったのです……!」

それは、少なからず衝撃的だった。困っている者へ手を差し伸べて、そんな反撃に遭うとは夢にも思わなかった。鋭い痛みが胸を焼く。

「何故そんなことを……」

「分かりません。でも男たちは誰かに雇われているようでした」

知らぬうちに誰かの恨みを買ってしまったのだろうか。だが、そこまでの繋がりをケントルムで築いてはいない。レオハルトの手の者であるなら、こんな回りくどい真似はしないだろう。お金? 身分を隠していては、身代金の請求先も分からないだろうに。ならばいったい。

必死に考えを纏めようとしたが、薬でも嗅がされたらしい頭が痛んで眩暈がする。

ぐわんぐわん揺れる視界に酔って、吐き気が込み上げた。頭を殴られた形跡はないから、そちらの心配はないにしても、おかしな副作用が残る代物ではないといいのだが。

――あぁ、そうか……

唐突に思い出したのは、先日出会った側室たちの顔だった。

ここまでの暴挙に至るとは想定外だが、彼女たちにしてみれば突然現れた貧相な娘に王妃の座を奪われたのだから、当然の反応かもしれない。しかもシシーナは思いっきり挑発してしまった。色々失敗したと言わざるを得ない。

「……悪い癖だわ」

どうにかゆっくり動いて、上半身を起こすことに成功した。さほど広くない場所であるらしく、すぐに壁に突き当たり、そこへ身体を預ける。シシーナに促され、侍女も同じように隣に並んだ。

「私たち……どうなってしまうのでしょう……」

彼女の震える声には怯えしか感じられず、シシーナも怖くて堪らなかったが、それを見せてはいけないと思った。動揺が滲んでしまいそうな喉に力を込め、どうにか明るい声音を演出する。

「あんな騒ぎの後だもの、目撃者は沢山いるわ。きっと今頃従者も私たちを探しているし大丈夫、心配することないわよ」

我ながら空々しいと思う。けれど、儚い希望に縋っていなければ恐怖でどうにかなってしまいそうだった。

「そうでしょうか……」

暗闇の中で触れ合った肩に寄り添う。それだけが、シシーナを現実に繋ぎ止めてくれる。そして伝わる熱が矜持を思い出させてくれた。

――――私はオールロの王女にしてケントルムの王妃。みっともない姿など見せてなるものですか……っ

未だ姿を表さない犯人に対し、意識的に怒りだけを滾らせた。首謀者は側室の誰かと考えて間違いないだろう。問題はあの中の誰か、だ。

華やかでグラマラスな美女か、知的でミステリアスな美女か。はたまたまったく別の側室というのも考えられる。

まさか全員グル？　という可能性は速攻削除する。彼女たちは表面上仲が良さそうだったが、実際は緊張感が漂っていた。シシーナという共通の敵を前に利用し合っているだけ、とでも表現すべきか。牽制し合う視線には、欠片ほどの親愛も含まれてはいないのが透けていた。

そんな関係性で、危ない橋を渡る相談をするとは思えない。下手をすれば悪事を密告され、王妃に害をなしたとして処罰の対象になりかねないのだから。

身近に仕える者が主の意を汲んだ可能性もなくはないが、それにしてはシシーナの行動を把握していたことに疑問が残る。お忍びだから、馬車も王家の紋章は入っていない。つまり、一見すると分からないはずなのだ。一度でも使用したり、シシーナの動向を監視し

ていない限りは。

そんなこと、一使用人にできる範囲の話ではない。

――駄目だわ。情報が少な過ぎてこれ以上は分からない……

ただ一つ言えることは。

――レオハルト様、女の趣味悪過ぎ……っ！

暗闇の中シシーナが盛大に顔を顰めていると、対角線上の一角に光の線が現れた。扉が開かれたのだ。

突然の眩しさに目を細めていると、黒い影となった人物がシシーナたちのいる部屋へ入ってくる。

「……っ！」

全身が粟立ち、身体が強張る。震えているのは自分か侍女か。

「おや、目が覚めていらっしゃったか」

歳の頃は三十代後半から四十代前半。髭面の屈強な男は下卑た笑みを浮かべた。

「……」

恐怖で喚きそうになる口を閉じ、シシーナは精一杯男を睨み付けた。たとえ欠片でも、怯えや弱さを気取られたくはない。

「……へぇ、大したもんだな。泣きもしなきゃ騒ぎもしない。怖くて口がきけないって訳でもなさそうだ。随分肝が据わっているんだな」

「……目的は、何」

「さてな？　知っても仕方ないだろう。どうせ結果は同じだ」

隣の侍女が目に見えて身を強張らせる。吐息だけの悲鳴が甲高く響いた。

男の返答は予想できたので、シシーナは別の聞き方を試みることにした。この手のタイプは、自己顕示欲が強い。ならば選ぶ台詞はただ一つだ。

「知らないのね？　貴方はその立場にないってことかしら？」

「何だと……!?」

案の定男は挑発にアッサリ乗った。これにより底の浅さが浮き彫りになり、むしろシシーナは冷静になれる。気付かれぬよう息を吐き出し、腹に力を込めた。

「どうせあの女の口車に乗って、捨て駒として扱われているだけなのでしょう？　それとも雇い主の顔もろくに知らない下っ端なのかしら？」

「生意気な口をきくなっ!!」

カマをかけたのだが、予想以上に効果があったらしい。激昂した男はシシーナの髪を摑むと無理やり立たせた。引き攣る頭皮の痛みで涙が滲んだが、悲鳴だけは全力で我慢する。そのまま引きずられ、部屋の外へと連れ出されてしまった。

「シシーナ様……っ！　無礼者！　その汚い手をお放しなさい……!!」

侍女の声は乱暴に閉じられた扉の向こうに消えてしまい、一人きりにされたことで改めてシシーナの足元が震える。引き摺り込まれた隣室での明るさに目が眩んだ。何度も瞬きをした視界に映ったのは、女王然と男たちを従える一人の女。

薄茶の髪をフワリと結い上げ、淡い黄色のドレスがよく似合う。下がった目尻が優しげにさえ見えた。

「トゥリア様……」

「お久し振りですわ、シシーナ様」

花が綻ぶような笑顔には、気を許してしまいそうな柔らかさがある。こんな時でなければ、簡単に騙されたかもしれない。

「……どうして、貴女が……」

「あら、それはどういう意味かしら？　褒めていただいたと解釈して宜《よろ》しいの？」

「……そうですね。人は見かけによらないものだと、分かりました」

冷静を装ったが、内心はかなり傷付いていた。リズに言わせれば単純なシシーナは、人を信じ過ぎるらしい。特に笑顔で近付く者、優しい言葉をかけてくれる者に弱く、疑うことを知らないと。

それでも今までは困らなかった。本物の悪意を向けられた経験がないし、周囲が護ってくれていた。だから仮面の下に濁ったものが詰まっているなど、考える必要さえなかった。

側室たちの中では唯一、仲良くできそうな気がしていたのに。優しい人だと思っていたのに。

「ふふ……私、貴女が目障りなの。だってレオハルト様のお役には何一つ立てない癖に、寵を得るなんておかしいでしょう？　よっぽど閨《ねや》の技術が素晴らしいのかしら？　何でもご出身の後進国は、性に関してだけ先進国だそうじゃない？」

語る言葉は品のないものだが、トゥリアは優雅に扇を広げた。

「間違いは正して差し上げないとね？　色々機会を狙っていたのだけれど、丁度良かったわ。自分からノコノコ罠に掛かりに来てくれるなんて。今なら逃げ出した貴女が勝手に犯罪に巻き込まれたと演出できるもの」

「……私を、どうするおつもりですか」

鈴を転がすような笑いを漏らし、トゥリアは扇の奥からシシーナを見た。瞳以外を隠されたせいで、余計にその強さが強調される。形は柔和に描かれているのに、冷ややかな炎が揺れていた。

「ふしだらな貴女にピッタリなお仕事をご紹介いたしますわ。ですから王宮から出ていってくださる？　ああ、お礼なんて気になさらないで。手始めにここにいる男たちから、新しい生き方を教えてもらってくださいな」

「……！」

　下品さを隠そうともしない男たちが、シシーナを囲む輪を縮めた。四方から向けられる舐め回す視線が気持ち悪い。

「私の連れは……？　あの侍女はどうなるの!?」

「お一人ではお淋しいでしょう？　どうぞご一緒にお楽しみ遊ばせ」

「さすが姫さんだ！　女一人だけじゃ物足らねぇと思ってたんだ！　おい、あの女も連れてこい！」

「やめて！　彼女は関係ないでしょう!?」

　興奮した男の一人が先ほどまでシシーナが転がされていた部屋へ駆け込む。止めようとした手はしかし、毛むくじゃらの腕に阻まれた。

「おっと……自分の心配した方がいいんじゃないか？」

　摑まれた手首から全身へ嫌悪感が走った。無気味な芋虫に這われた方がまだマシだ。そのまま硬い床に押し倒されて、頭を打ったせいか眩暈に襲われる。

「……痛……っ」

「きゃあああっ!?　シシーナ様に何をするの!?　今すぐその手をお離しなさい！」

「煩い女だな。少しは姫さんを見習えよ。悲鳴一つあげやしないぜ。まぁ声が出ないだけかもしれないけどな」

　視界の隅を引き摺られる侍女が掠めた。真っ青な顔をし怯えながらも、健気にこちらへ駆け寄ろうとしている。もちろんそれが許される訳もなく、シシーナと同じように男たちに組み敷かれた。

「最初は辛いかもしれないが、なぁにすぐに慣れるさ。そうすりゃコレなしではいられないようになる」

滾った欲望は男にとって自慢であるのか、誇らしげに無理やりシシーナの手をそこへ押し当てた。熱く硬い感触が布越しでも伝わり、悲鳴が喉を震わせる。

「どうだ、デカイだろ？　今からこれであんたを可愛がってやる」

「離して！　こんな真似をして無事では済まないわよ！　彼女も解放しなさい!!」

気持ちが悪くて必死に振り払ったが、いとも簡単に両手を押さえ込まれてしまった。

「無事に済まないのはそっちなんだよ。うわっ、小せぇ癖にでかい胸しやがって……とんでもなくいやらしい身体だぜ……」

大きな手が無遠慮にシシーナの胸を弄った。強過ぎる力で握られ、鈍い痛みが走り抜ける。腕は既に別の男に押さえられ、身動きさえままならない。腹の上にどっかり乗られたせいで苦しくて吐き気が込み上げたが、弱音も何も漏らしたくはなかった。

服の上から弄るのに飽いた男はシシーナのドレスを捲り上げ、脚の付け根へとその手を伸ばした。曝け出された白い肌に、周囲に立つ別の男からも歓声が上がる。

「い、嫌！　やめなさい！」

直接触れられた場所から悪寒が広がり、一気に粟立った。

——気持ち悪い!!

筆舌に尽くし難い嫌悪が爆発する。そして、レオハルトとの違いが明確に突き付けられた。

相手がよく知らない男であるのは、同じはずだ。それでも、彼との初夜に恐怖は感じても不快感は生まれなかった。それはシシーナに触れる手に、紛れもない慈しみが存在したからに他ならない。

シシーナの無意識の部分は、ちゃんとそのことに気が付いていた。

——ああそうだ……あの人は、方法や表現こそ間違えていたけれど、いつだって私を大切にしてくれていた……

少なくとも、己の欲を晴らすためにだけ抱かれた覚えはない。最後に身体を重ねた時は乱暴で一方的なものであったけれど、それは鬱屈を吐き出すというよりは、言葉にし切れない何かを刻み付けるためだった気がする。

だから、安心して身を任せられた。彼が本当に自分を傷付けるはずはないと知っていたから。

——馬鹿だ、私。

今更気付くなんて間抜け過ぎる。

触れてくる手が、レオハルトのものでないことがこんなに辛いなんて。

「おい、服は破くなよ。それだって売ればいい値になるんだ」

「分かってるよ！　……っち、お貴族様の服は脱がせ辛くて仕方ねぇっ」

下肢に頭を突っ込もうとする男とは別に、複数の手がシシーナの胸元へ伸びた。隣でも若い娘の絶叫が響く。

「うふふ……っ、髪が乱れてグチャグチャね。とても良くお似合いよ！　私を怒らせたことを死ぬほど後悔なされればいいわ！」

瞳に狂気を燻《くゆ》らせて、トゥリアは喉を晒して笑っていた。

こんな女を王妃にしてはいけない。仮に自分は穢されたとしても、トゥリアだけはレオハルトの傍に置いてはおけない。彼女は国も民も大切にはしていないし、愛しているのはレオハルトではなく自分自身だけだ。彼には、そんな女に触れて欲しくはない。

だが、現実はあまりに残酷で、堪え続けた涙ももはや限界だった。見苦しく喚くまいとした喉も、制御不能に陥った。

「……嫌！　嫌ぁ!!　助けて、レオ……っ!!」

思い返せば、レオハルトはいつも優しく微笑んでくれた。シシーナを怯えさせないよう、彼なりに気を遣っていたのだろう。残念ながら成功していたとは言い難いが、今はその笑顔が見たくて仕方ない。逞しいあの腕に抱かれ、耳元で名前を呼んで欲しい。大きな手で、頭を撫でて沢山の口づけを降らせて欲しい。会いたくて会いたくて堪らない。

「もちろんだとも。愛しいシシー」

何が起こったのか、分からなかった。

ただ、今一番聞きたい声が聞こえたと思った瞬間、シシーナに覆い被さる男が吹き飛んでいた。更に怒号と悲鳴が飛び交い、辺りは騒然とする。涙で霞んでしまった世界には、瞬く間の出来事を把握するなど不可能だった。

広くはない部屋に大勢の騎士が雪崩れ込む。逃げ惑う男たちはあっという間に捕縛された。

「いやあぁぁっ！　私は利用されただけですわ！　言わば被害者ですっ陛下、どうか騙されないで!!」

悲痛に顔を歪めたトゥリアが後ろ手に拘束され叫んでいる。どこか現実感のないまま、シシーナはそれを見ていた。

「言い訳は全て、公の場で聞こう。それまでは西の塔にいてもらう」

それは王族で大罪を犯した者が幽閉される、ある意味監獄だった。必要最低限の物だけが揃えられてはいるが、生まれた時から傅《かしず》かれる生活しかしてこなかった者に容易に生き延びられる場所ではない。

「そんな……！　私の話を聞いてください！　そ、それに我が国だって黙ってはおりませんわよ!?」

「構わん。ケントルムはその程度で揺るぎはしない」

おっとりとした仮面をかなぐり捨てたトゥリアはあからさまな脅迫を織り交ぜたが、レオハルトは鼻で笑って一蹴した。

「連れてゆけ」

全てが水の中の出来事のようで、酷く遠い。耳障りな女の金切り声が遠退いても、シシーナはしゃがみ込んだままだった。不意に鼻を掠めた懐かしい香りに誘われ、初めて肩を覆ってくれているレオハルトのマントに気が付いた。大きなそれは少しだけ乱れてしまっているシシーナの衣服を、身体ごとスッポリ隠してくれている。

手が脚が、どうしようもなく小刻みに震えていた。身の内に燻る嫌悪感が暴れ狂って、叫び出したい衝動が込み上げる。

それらを抑えてくれるのは、傍に膝をつき、優しく頭を撫でてくれるレオハルトの存在だった。

「大丈夫か、シシー」

掛けられる声に怒りはなく、ただひたすらに慈しみと労りが溢れている。こちらを見詰める瞳にも苛烈な色は窺えなかった。

「わ、私――……」

「心配するな。もう二度とあの女や男たちがお前の目の前に現れることはない」

違う、そうじゃない。どうして貴方は――

「怒って……いないの……？」

それこそ烈火の如く怒り狂っていると思っていた。再会した瞬間、罰を受ける可能性も考えていたのに。

「怒る？　私がシシーを？　何故？」

「だって……私、逃げた……」

改めて言葉にすると、その重みで押し潰されそうになる。新たな雫が止めどなく頬を伝い落ちた。

「ああ、そうだな……本当に心臓が引き千切られるかと思うほど、辛かった」

「それなら、どうして……助けてくれたのですか？」

あまつさえ、優しく触れてくれるのか。

「お前が私の名を呼んだだろう。それだけで、全て許せる」

広く、硬い胸に抱き寄せられる。鼻腔いっぱいにレオハルトの気配だけが満たされた。縺れた髪を解してくれる指が気持ち良くて、シシーナは全てを委ね目を閉じた。

「髪が……グチャグチャです」

「シシーの髪は柔らかくて細いから仕方ない。それに私はこの感触が好きだ。絡まってしまったら、こうして解けばいい」

二人の関係も？　と聞こうとして、シシーナは止めた。

それは聞かなくても分かることだ。それよりも今はこの温かい腕の中で、余計なことは考えずしばらく甘えていたかった。

まだ周囲は後始末に追われ、喧騒の真っ只中にある。だが、しっかり抱き合う二人にとっては、全てが瑣末なことだった。

「……ごめんなさい……」

「もう、いいんだ。シシーは今私の腕の中にいる。望むものは他にない。愛している。誰より愛しくて愛しくて、シシーを想うだけで気が狂いそうになる私こそ許してくれ」

これまでとは違い、その言葉はストンとシシーナの胸に落ちた。

欲しかった答えを、やっと形にしてもらえた。そんな満足感が大き過ぎて、更に強くレオハルトにしがみ付く。

「……会いた……かったぁ……」

あの瞬間脳裏に浮かんだのは、オールロの民でも家族でもなかった。レオハルトただ一人しかいなかった。

グチャグチャ考えても出せなかった解答の全てが、そこに凝縮されている。

「レオ……レオ、」

「ここにいる。絶対にお前を一人にはしない」

極度の緊張から一気に解放され安堵したせいか、シシーナは心地良い温もりに包まれて、ゆっくり眠りに落ちた。

9. 帰る場所

一度認めてしまうと人の心とは不思議なもので、あんなに恐怖の対象でしかなかった熱い視線も喜びに変換されてしまう。レオハルトの腕に抱かれ、長椅子で微睡《まどろ》むのが最近のシシーナのお気に入りだ。今日も昼食後の僅かな時間を、彼に背後から抱き締められて頭を撫でられていた。

その甘やかな毒に浸りきり忘れかけていた現実を、微かな金属音が思い出させてくれた。鳥籠の中、以前よりも豪華になった足枷には国宝級の宝石が埋め込まれ、細工と共に重みが増した。その異常な事態に疑問が薄れかけている自分が怖い。適応力もここまでくれば狂っているとしか思えないが、助けてもらった手前強く言い出せずに日が過ぎていた。

「……あの、レオ」

「何だい？」

「……これを外してはいただけないでしょうか？」

何度も繰り返された遣り取りで、無駄な反論はしない方がいいと学んだ。彼の言葉に従っていれば、すこぶる機嫌が良い。

「それは駄目だ。繋いでいないとシシーナはまた逃げ出してしまう」

――やっぱり許していないいんじゃない!!　もういいって言ったくせに!!

あの誘拐騒動から数日。レオハルトの束縛が強化された以外は以前と同じ生活が戻っている。ただし、シシーナが望めば外出は許されるし、他者との面会も自由だ。全てレオハルト自身か侍女頭の監視付きではあるけれど、庭園だけでなく城下に降りることも認められているのを思えば、格段の進歩と言える。リズもこれまで通りシシーナ付きであるし、再会した時には珍しく涙ぐんでくれたことに感動した。特に罰も受けなかったと聞いて、心底安心したものである。

あれ以来トゥリアについての処遇はシシーナの耳には入らない。リズの情報収集能力をもってしても、明確な行く末は茫洋としている。ただ、噂話だけは尽きることなく、そのどれもが恐ろしく、耳を塞ぎたい種類のものだった。

レオハルト本人に確認すればハッキリすると分かっているが、それはそれで怖い。知らない方がいい真実があることを、シシーナは知っている。

そして、後宮は完全に解散されたらしい。イスナーニもアジィンも臣下に下げ渡され、今はそれなりに幸せであるとかないとか。とにかく今、レオハルトの妃はシシーナただ一人となっていた。

──いや、以前と同じに戻ったとは言えないかな……

鎖も檻も、一見何も変わらない。シシーナの生活も単調なまま。だが、心は確実に変化している。

レオハルトはあれ以来、一度もシシーナを抱かない。

おそらくは、あんな目に合ったことを気遣ってくれているのだろう。それは分かる。理解している。

それでもどこか、淋しかった。他の男に触れられたのを汚らわしく思われているのでは……という疑心暗鬼に囚われる。彼の態度の端々から、そんなことはないのだと伝えられても不安なのだ。もちろんそんなことは言えないけれども。

「もう、逃げませんよ。でもそれは貴方が私をきちんと妻として扱ってくれればです」

「この上なく大切に扱っているではないか」

大の男が口を尖らせ気味に抗議するのを、少しだけ可愛いと思ってしまう。

「世間一般の夫は、妻を鎖に繋いで閉じ込めたりはいたしません」

「そうなのか？　だが、父上と母上は……」

瞬間、食後のお茶を吹き出しそうになった。

──お義母様あああっ!?

レオハルトに多大な悪影響を及ぼしたのは、彼の両親だったのかもしれない。その可能性を知って眩暈がした。

「母上はいつも拘束され、父上はそれを眺めていた……」

「もう、いいです……」

それ以上聞くのが怖くてレオハルトの言葉を遮る。今後どんな顔をして皇太后と付き合ってゆけばいいのか分からなくなってしまうではないか。結婚相手の両親の個人的な趣味嗜好《しこう》など、知りたくない。

「とにかく！　こんなのはおかしいんです。私は信頼されていないと言われているようで、非常に不快です」

「実際、前科があるではないか」

「……っそ、それはそれ。これはこれです！」

都合が悪くなる気配に、シシーナは手を振り回した。

「ちゃんと私と向き合ってください。私たちもっとお互いを知るべきだと思うのです。だって、ふ……夫婦なんですもの！」

当たり前のことを言っているはずなのに、改めて口にすると恥ずかしい。頬が熱を孕むのを止められない。誤魔化すための方便ではあったが、発言自体は本気だった。今は直接顔を見られないのがありがたい。

「物理的な拘束では……心まで捕らえることはできません。信頼こそが、お互いを繋ぐ絆

「だから！　それが何故こういう選択になるのですか！　そ、それに愛していないという訳じゃ……」

「シシーは……私をまだ愛してはいないだろう。だから、不安で仕方ない」

になり得ると私は思います」

　もごもごと口籠りながら、範囲を狭めた腕の檻の中で身じろぐ。

　保身のための嘘ではない。確かに、シシーナの中でレオハルトの存在は大きく意味を変えていた。

　初めは恐ろしい支配者だと思っていたが、異常な束縛を受け残念な変態へ。そして彼の弱くて不安な部分を知っていくうちに、愚かで可愛い特別な人へと。誰より強く、目を見張るほど美しいくせに、ことシシーナに対してだけ挙動不審になってしまう。そんな男が自分の夫だと思うと、どこか擽ったい。

「では愛しているのか？」

「そ、それは」

　はっきり言い切れるほどにはまだ育っていない想いの種。レオハルトがシシーナに傾けてくれる愛情の大きさと比べれば、勝負にならないとしか言いようがない。だから、思わず言い淀んでしまう。

　しかしそれが気に入らなかったのだろう。レオハルトの瞳に濁った炎が揺れた。

「ほら……やっぱり。ならばこうしておくよりほかにない」

チャリ……と引かれた鎖の先は、レオハルトの手に握られている。まるでそれがシシーナと彼を繋ぐ運命の糸であるかのように、真剣に切実に。

「あの……っ、レオはどうして私を妻にしようと思ったのですか……？」

不埒に蠢く手を躱しつつ、本当はずっと聞きたかった疑問を投げかけた。不思議で、その理由が不明だからこそ、すれ違い続けた最大の謎。

「もちろん……シシーが欲しかったからに決まっている」

「一度も出会ったことがなかったのに？」

レオハルトの動きが止まる。後ろでシシーナを抱きしめる彼が少し不機嫌になったのが見えなくとも背中越しに伝わってくる。

「……え？」

「そうだろうと薄々は気付いていたが……こうも完全に忘れ去られると、さすがに堪えるものだな」

顔が見えない分、声だけが生々しく彼の心情を物語る。今、シシーナが振り返ることに成功したら、立ち昇る暗黒が見えたかもしれない。

「あの……えっと、」

「――シシー、私たちは以前一度だけ出会ったことがあるよ。まぁ、あの頃の君は幼くて覚えていなくても仕方ないけどね」

——だったら、そんなに怒らないでください！

という叫びは言葉にならなかった。代わりに「ふひぃ」などとおよそ一国の王妃とは思えぬ声が漏れ、身体を震わせてしまう。

「嫌だな、寒いの？　シシー」

震える理由などお見通しだろうに、白々しく問いかけてくるのが憎たらしい。ひくつく首筋に生温かいレオハルトの舌が這った。

「ひゃ……っ」

「もう十年以上前だ……シシーは今よりもっと小さくて怖いもの知らずだった」

「ふ、ん!?」

シシーナを挟むように広げられていたレオハルトの脚が僅かに角度を狭め、そのせいで否が応でも背後に感じる熱さを意識してしまう。

——何だか、かっ、固くなってきているんですが……!?

シシーナのお尻に当たる何かが、存在感を主張するように質量を増していた。けれどもそんな生々しさとは裏腹に、シシーナの髪を撫でるレオハルトの手は優しい。その差異に翻弄され、混乱してしまう。

「あの頃の私は惰性で生きているに過ぎなかった。王子と言っても末席、かと言って役割を放棄するのも許されない。少しでも弱味を見せれば足を引っ張られ、自分だけならまだしも母上にまで累が及びかねない緊張感で疲弊していた。父上の方針で戦も多かったしな……」

「あの……っ、レオは戦争に反対だったのですか……!?」

「当たり前だ。あんなもの、ない方がいいに決まっている。民と土地を疲弊させるだけで、国土を広げたから何だというんだ」

　その返事にシシーナは安堵の息を漏らした。想像以上に嬉しい。

　レオハルトは血に狂った侵略者では決してない。

「力のない自分には責任はあっても、自由な意思など認められない。いくら嫌だと思ったところで、父の決めたことには逆らえなかった。それが母を護ることにも繋がっていたから……あの魔窟のような王宮で生き延びるには、目立たず適度に成果をあげるしかない。だが、次第に気力は失われていった」

　息を殺して、それでも無能とは切り捨てられないほどに。ギリギリの境を常に探っていたのだと語る声には、自嘲とも取れる響きが込められていた。

「そんな時父上がまた他国へ侵略を仕掛け、私はその将を任されることになった。丁度人の死に何も感じなくなり始めていた自分に嫌気がさしていた頃だ。色々なことが積み重なって、人間不信にもなりかけていたな……戦場へ向かう道中も、どこか無気力だった」

「それが、私とどう繋がるのですか……？」

普段自信満々ともとれる男が不意に見せる弱々しい姿は、シシーナの中の庇護欲を刺激した。自身の腹に回されていた逞しい腕に、そっと手を重ね少しだけ撫でれば、何とも表現し難い甘やかなものが込み上げてくる。

「それが思いの外険しい山路に阻まれて予定よりも日数がかかってしまい、結果足りなくなった物資を途中に在った国で補給させてもらうことになったんだ。それがオールロだった。バレシウス王は快く兵の滞在も許してくれたよ」

――それは、大国の武力を前に断れなかっただけでは……

そう頭の片隅で思ったが、敢えて口にはしなかった。空気くらいは読めるのである。

「この先の展望も見えず、いかに効率よく敵を屠って帰るかばかり考えていた。あの頃の私はもはや人間とは言えない、ただの獣だったな。いや、それは獣にも失礼か。彼らは意味もない殺戮などはしないのだから」

そう言ってレオハルトはシシーナの肩口に顔をうずめる。先ほどとは違う、震える呼気が首を擽った。淫らな色を感じさせないそれに、チクリと胸が痛む。慰めてあげたいと反射的に思ったが、どう実行していいのか分からず、シシーナは押し黙ったまま彼の髪を撫で、話の先を促した。

「無性に何もかもが嫌になって、供も連れずにオールロの森を彷徨ううち、瀕死の雛鳥の鳴き声に誘われた。そこで私は……天使に出会った」

　緩く吐き出された息がシシーナの肌を炙り、感染する熱が心の中に浸透してくる。それがシシーナの奥底に沈んでいた記憶の欠片を刺激した。

「て、天使……？」

「ああ、羽がないのが不思議な清らかさで、その子は小さな命のために、本気で泣いて怒ることができる純粋な心の持ち主だった」

　随分大仰な言い回しだと笑いかけたが、何か引っかかるものを感じる。それは瞬く間に、むせ返るほどの緑の匂いを思い起こさせた。

　耳に響くのは葉擦れの音。歌い合う鳥の声。自分の嗚咽――――そして、見知らぬ男の人の声。

『間も無く死ぬものを自己満足で少しばかり先送りして何になる』

　手の中の温もりは、まだ生きたいと叫んでいるのに。どうしてそんな残酷なことを言うの。冷たく凍えた瞳をして。

「あ……あの時の……？」

　小鳥のシシーを拾った森で出会った男の人は、とても綺麗なのにどこかが死んでしまっていた。生命力を感じさせない濁った双眸には自分とは違う世界が見えている気がしてならず、今まさに死にかけている小鳥の方が、よっぽど命の力強さを感じさせてくれる。

過去に引き戻されたシシーナは、今より若く荒んだ雰囲気を纏うレオハルトを確かに見た。

「思い出したか」

不貞腐《ふてくさ》れつつ嬉しそうな声に誘われ後ろを向けば、かつての青年よりも穏やかな瞳の彼がいた。

「言ってくれたら――」

「言って、どうなる？　実際君にとっては覚えてもいない取るに足らない記憶だ。それに悪い印象しか与えなかった自覚はあるしな」

確かにその後、『酷いことを言うお兄ちゃんなんて大っ嫌い！』と叫んで走り去った気がする。

「それは、そうですが――え、でもまさか……その時に私と結婚しようと思った訳ではないですよね……？」

あれはもう随分昔の話だ。シシーナが十にも満たない頃か。レオハルトとの年の差は十歳。万が一その当時からそういう目で見ていたのだとすれば、レオハルトの性癖に多大な疑問を抱かずにはいられない。

「当たり前だろう！　子供に欲情などする訳がない！」

シシーナの胡乱な瞳にたじろいで、声の大きくなったレオハルトを怪しいと思ってしまったのは仕方のないことだ。

「……」

「な、何だその目は。当時はただ単純に天使か妖精の如き清らかさだと感動しただけだ！　人間であるなど、信じられなかった。それがオールロの末姫だと知ったのだって戦地に辿り着いてからだし、それ以降……ほとんど忘れていたしな。だが、時折ふとした瞬間に思い出しては……どうしているかと気にはなっていた」

シシーナの幼少期はとても幸福なものだった。家族の愛情は与えられて当然のものであったし、穏やかなオールロでは血生臭い争いなど物語の中の出来事でしかない。

しかし、レオハルトはシシーナとは逆の人生を歩んできたのだ。

そのことに、シシーナの心は名状し難い痛みに襲われる。

自分よりもずっと大きな彼を抱きしめたくてたまらない自分に気付いて、じっとレオハルトを見詰めた。

「そんな時私もそろそろ正妃を迎えるという話が出て……何の気なしにお前の話を耳にした。そうしたら、何故か無性に会いたくて堪らなくなって……でもそれは、綺麗な存在も年数を経ればただの女に変わっていると確認したかっただけかもしれない。おかしな話だけれど、そうであって欲しいような変わって欲しくないような……ああ、上手く説明できないな。――――うん、だが……やはり昔のままの純粋さを保っていて欲しかったのだと思う。この世界にもそういう存在が残されているのだと実感したかった。そしてシシーはその期待に応えてくれた。昔とまったく変わらない、澄んだ目が美しい娘になっていた」

手放しの賞賛にシシーナの頬は赤く染まった。嬉しい、けれど気恥ずかしい。レオハルトの中で、自分が美化されている気がしてならない。実際にはただの世間知らずな子供に過ぎなかったのに。

「……買い被りすぎ、です」

「何人もの候補者の絵姿と釣書《つりがき》が送られてきたが、自分から取り寄せたのはシシーだけだ」

「お父様……いつの間に」

そんなこと一言も言わなかったではないか。聞いていれば、少しは何かが変わったかもしれないのに。

「でも姿絵なんて、嘘とは言いませんが相当粉飾されて描かれている物ですよ？」

「それがまた愉快なんだが……シシーのものだけ、まったくやる気のない自然体のものだった。逆に新鮮だったし、それこそオールロの気質……ひいてはシシー自身の気取らなさを表しているようで微笑ましかった」

レオハルトは楽しげにしているからいいが、本来ならばどういうつもりかと父を問い質したい。娘を売り込む気がないのか。――ないのだな、と妙に納得していた。どうりで危うく嫁き遅れるはずである。

「後はもう……お前の知っての通りだ。拒まれ逃げられるのが怖くて、鎖で繋いで閉じ込めた」

「それが極端だと言うのです……」

でも、怒る気にはなれなかった。むしろいじらしいと感じてしまうほどに毒されてしまっている。

「これを外しても、どこへも行かないと誓ってくれるか」

シシーナ自身にするように壊れ物を扱う仕草で鎖へ口づけられ、伝わるはずのない熱でのぼせそうになる。そのまま辿られたレオハルトの手は足首に嵌る無機質な金属へと触れた。

「羽をひらめかせ、自由に飛び回りたいと逃げ出さないでいてくれるか」

「……しませんよ。私は今、好きでここに留まっていますから」

驚きに見開かれた彼の瞳が激しく揺れている。傲慢さを形にしているようだったレオハルトの顔から、剥き出しの感情が透けて見える。

それは、奪われることと失うことを極度に怖れる子供のものに似ていた。

「この檻の中が私の居場所ですから、たとえ鍵も扉も開いていたって出て行きません。仮に外出したって、戻ってくるのはここだけだわ」

この気持ちが、欠片《かけら》でも彼に伝わりますように。

祈りを込めて、一言ずつ丁寧に紡いでゆく。

束縛の緩まった腕の中で向きを変え、レオハルトと向かい合う形になった。固まったままの彼の顎に、頬に、目蓋に触れて、初めてシシーナからレオハルトの唇へ己のものを重ねた。微かに乾いた彼の唇を舐めて潤し、今度は深く舌を差し入れる。

「……ふっ」

貪るものではない、自分から求めた口づけは信じられないほど甘かった。瞬く間に頭がボンヤリして、絡め合う粘膜の心地良さに陶然としてしまう。

「シシー……？」

「レオのいる場所が、私の居場所ですから。閉じ込める必要なんて、ないんです」

額を突き合わせ、目を閉じた。柔らかな金の髪が指をすり抜ける。自分のものよりずっと触り心地が良くて、シシーナは少しだけ嫉妬した。だが、この髪の一本までも美しく強い男が夢中なのは自分だと思うと、ジワジワと込み上げるものがある。

自分のどこに彼を狂わせる要素があるのかは知らないけれど、皆口を揃えてレオハルトは人格者だと言う。そんな非の打ちどころがない為政者が、その愛情の全てをシシーナへ注ごうとしている。

全身へ広がる喜びが酩酊を引き起こす。

「そんなに私が好きですか？」

「ああ。誰にも見せたくないし、四六時中繋がっていたい」

それは御免こうむる。しかも冗談には思えないところが心底怖い。

「ろくに話したこともないのに？」

「時間は関係ない。心が反応した。それで、充分だ」

「……幼児趣味、ではありませんよね？」

「……!? た、確かにシシーは身長こそ小さいが、肉体的には立派な大人だろう……!?」

「……なら、いいのです」

本当は信じても大丈夫だと、とっくの昔に結論は出ている。今の質問は、少しからかったに過ぎない。これまで散々振り回されたのだから、それくらいはご愛嬌だろう。

自分も随分逞しくなったものだと、シシーナはこっそり微笑んだ。

「何だ、その微妙な間は……!? まさか疑っているのか!?」

意識的に視線を逸らし、シシーナは思わせ振りに「いいえ」と呟いた。するとレオハルトは押し黙ったまま俯いてしまった。

――しまった。調子に乗って苛め過ぎたかしら。

心配になって、うつ伏せたレオハルトの顔を覗き込もうとした瞬間――シシーナは抱き上げられていた。

「え!? きゃあ!」

突然高くなった目線が怖くてすぐ傍にある彼の首に抱きつけば、嗜虐を滲ませた瞳が細められている。

「では、違うということを証明しなければならないな。この身をもってシシーに伝えよう」

どうやって、なんて野暮なことは聞けない。むしろ知りたくない。情欲を滾らせた碧玉が求めるものなど、考えるまでもない。

「あ! あの! まだ昼間なんですけど……!?」

「だからどうした」

「お仕事は……っ、お忙しいのではないですか!?」

「私は我が妃を愛でる時間も作れないほど無能ではない。むしろ、シシーが不足している方が効率も悪くなる」

さも当然と言わんばかりの一言に絶句した。だがその一瞬の隙がシシーナの命取りだった。

「きゃあ……っ!」

転がされた先はもちろん寝台の上。見慣れた檻の骨格が頭上に広がっている。

「シシーの内側に、思う存分私の想いを刻みつけよう」

「……待っ……っ！」

コルセットが好きではないシシーナは、人に会う予定がない限り身に付けない。この日も、レオハルトだけならと油断していた。だから胸元のリボンを解かれ、アッサリ腕から袖を抜かれてしまえば、無防備な胸が晒されてしまう。そのうえ気付けば下肢を護る砦も奪われて、あまりの手際の良さに唖然とした。

熱い視線を全身に感じ、触れられてもいないのに肌が火照ってしまう。薄紅に染まる様をレオハルトに見守られ、一気に体温が上がった。

「レオ……あまり見ないでください……っ」

「それは逆効果だよ、シシー。堪らなく……興奮する」

――やっぱり変態だわ!!

そう思うのに、柔らかく揉みしだかれた双丘からは悶える疼きが込み上げる。レオハルトの指がまろやかな肉に埋まり先端を掠める度、ゾクゾクと官能が呼び起こされた。

「ひゃ……ぅっ」

口内に含まれた頂から鮮烈な快感が走り抜ける。舌で突つくのをやめさせようと視線を落とした瞬間、淫猥な光を孕んだレオハルトと目が合った。

――喰われる。確実に。

きっともう骨も残らぬほど、食い尽くされてしまう。

そう直感が危険を告げたが、同時に下腹が切なく泣いた。求められているという思いが心まで蕩けさせる。

「……期待しているの？」

「違……っ！」

否定しても身体は正直な変化をレオハルトに伝えてしまった。元より肌を隠してくれる衣類は既になく、感じる視線の熱さから逃れる術などありはしない。

その時、酷く頼りない金属音がして、シシーナの足首から重みが消えた。

「……え？」

ぽすりとシーツに沈むのは、繊細な細工を施された金の足輪。そこから伸びる鎖だけが場違いに鈍い光を放っている。

「あ、あれ？」

「シシーが私の傍にいてくれると誓うなら、これはもう必要ない」

とても穏やかな声がレオハルトの口から発せられた。突然戒めを解かれたことで、まだシシーナの心はついてゆかず、何度も彼と自身の足首を視線が往復した。

「だから頼む。私の信頼をどうか裏切らないでくれ」

持ち上げられた爪先へ口づけられ、懇願を示すようにそのままシシーナの足はレオハルトの額へと押し付けられた。

「駄目……っ！」

そうしたのはレオハルト本人だが、どう見てもシシーナが王を足蹴にしているとしか思われない状況である。誰も来ないとは分かっていても、動揺に激しく揺さぶられた。

「では許すと言ってくれ。愚かな男の行いを水に流すと」

「許します！　もう何とも思っていませんから……！」

必死に脚を引こうとしたが、摑まれた踵がビクともしない。それどころかもう一度爪先に口づけられてしまった。

「ひゃ……ぅう……」

「ありがとうシシー。これからも……いや、これまで以上に大切にする」

「は、はあ……」

どうしてか、丸め込まれた感が否めない。複雑な心地のままシシーナは頷いていた。僅かに残った抗議の気持ちもレオハルトの満足気な笑みに搔き消される。

思い悩むのは得意じゃない。――だって、嫌なことに囚われるよりも前を向いて進んだほうがいいに決まっている。

今のシシーナが欲しいのはレオハルトとの新しい未来だ。

結局ポンポンと数回頭を撫でられたことで、不満は完全に霧散してしまっていた。シシーナの癖毛を絡める指に頰ずりすれば、レオハルトが啄ばむような口づけを降らせてくれる。

やがて再び抱き上げられ、慌てているうちにレオハルトは器用に片手で鳥籠の扉を開いて外に出た。そのまま脚を進め、辿り着いたのは檻の外に置かれたもう一つの寝台。本来レオハルトの眠るはずのものだ。だが、シシーナは彼がそこを使うのを一度も目にしたことがなかった。

そこに恭しく下ろされ、ほどよい弾力が二人分の体重を軽々と受け止める。いつもとは違う景色がシシーナの見上げた天井に広がっていた。

「何度見ても綺麗だ」

「胸、だけ大きくて……おかしいです」

根底にある劣等感は簡単に拭えるものではない。それでも、他の誰でもないレオハルトにそう言ってもらえたのは嬉しかった。恥ずかしいと感じていた身体でさえ、とても愛おしく感じてしまう。

「そうか？　私の手も大きいから丁度良く思うが。それに大切なのは形だろう！　大きさなど問題ではない。その点シシーナの胸は理想的で魅惑的な小悪魔だ」

「……」

言っている内容は非常に痛い。シシーナは意思の力で今言われたことを頭の中から消去した。褒められた事実だけを覚えておこうと心に誓う。

「もちろん素晴らしいのは胸だけではない。滑らかな肌も、慎ましやかな臍も、小さな爪も全てが私を誘惑してやまない。だがそれはシシーナのものだと思うから、あらゆるものが引力を生むんだ」

「ソウデスカ」

熱烈に語られれば語られるほど、レオハルトとの間に溝が深まっている気がする。もう黙って、という願いを込めてシシーナは眼前の男の首に腕を絡めた。

「私も……レオハルト様の手が、好きです」

「手……だけか？」

急にションボリと元気がなくなってしまうのだから、単純である。垂れ下がった耳と尻尾が見える気がしてシシーナは軽く笑った。

「頭を撫でてもらうと、とても心地が良いのです。それからその声……耳元で囁かれるとゾクゾクします。硬い身体も海みたいな瞳も、全部好きです。それらは全部、レオハルト様のものだと思うから」

「それは……シシー……？」

先ほどの彼の言葉を受け、精一杯の気持ちを伝えた。

「私も、貴方が好きです。ちゃんと、愛していますよ」

もしかしたら重みに差はあるかもしれないけれど、愛情とは程度によって勝ち負けがある訳ではない。この先の人生は長いのだし、共に歩むことは決まっている。ならば、自分たちなりの速度で進めばいい。

見詰め合う視線に導かれて、何度も口づけを交わした。最初の頃レオハルトに教えられた通り舌を突き出せば、淫らな音と共に吸い上げられる。それに夢中になっているうちにレオハルトも服を脱ぎ捨てていった。いつにない荒々しさに寝台の下には抜け殻のような衣類が積み重なってゆく。

何ものにも遮られない肌が触れ合い、そこから分け合う熱はお互いを糧にして高まる。火照った身体が熱くて、シシーナは恥ずかしさなど忘れてしまった。

「……っぁ……ッ」

「久しぶりだから、余裕がない。……怖かったら、言ってくれ」

相手がレオハルトだと思えば、何でもない。全て快楽に変換されてしまう。たぶん乱暴にされたとしても、今は嬉しいと思うだろう。

シシーナは真っ赤に熟れた顔を見られたくなくて、思い切り彼にしがみついた。

「そんなに引っつかれては、動けないよ」

「こうしているだけでも、気持ちが良いのです」

「それは分かるが……でもすまない。私はこれだけでは満足できない」

優しく引き剝がされて、見下ろされる。真っ青な快晴の空が、瞳の中に宿っている。少しの翳りもない美しい碧に見惚れてしまう。

「シシー……」

太腿辺りを彷徨っていたレオハルトの指は難なくシシーナの中に飲み込まれた。期待に潤んだ身体は、だいぶ前から解れてしまっている。淫らな水音がそれを知らしめ、羞恥で弾けそうになった。

「……っ、ん」

「顔を隠さないで、もっとちゃんと見たいんだ」

「私は……っ、見られたくありません……！」

覆っていた両手を剥がされてしまい、強制的に目を合わせられる。

「今までは、好きでもない男に抱かれるのが辛いだろうと極力顔が見えないようにしてきたけれど、今日はそうしたくはない。シシーと愛し合っていると実感したい」

「レオ……」

てっきり獣じみた体位が好きなのだと思っていた――――とはさすがに言わない。シシーナにも情緒というものは備わっている。

「私も……レオの顔が見たいです。見えないのは不安だもの」

「シシー……！」

「……ふ、ぅ」

降り注ぐ口づけに翻弄され息苦しいのに、幸せだった。空気を求めて喘ぐ身体とは裏腹に、もっとと貪欲な欲求が顔を覗かせる。シシーナからも拙いながら必死に応えた。

体内をなぞるレオハルトの指が気紛れに奥を突けば、鼻から甘い声が漏れてしまう。掻き回される度粘着質な水音が響いて、敷布まで垂れていくのが分かる。

「今までで、一番濡れている」

「そういうことを……言わないでくださ……んぁっあッ」

増やされた指が抉ったのは、シシーナが冷静ではいられない場所だ。いつもそこを刺激されてしまうと、たちまち訳が分からなくなってしまう。

「アっ、あ、駄目……っ、そこ、やぁっ!?」

腰を浮かせて逃げをうつが、結果的にレオハルトに押し付ける形になり、更に深く侵入を許してしまった。涙が滲んで激しく胸が上下する。

「イった？　気持ち良い？　シシー」

分かり切っているはずなのに、わざわざ聞くのは意地悪だと思う。荒く息を吐きながらも悔しくて黙っていると、新たな刺激が未だ余韻に浸る場所から生まれた。

「……や、ああッ!?」

驚いて首を起こせば、シシーナの太腿を抱えたレオハルトの顔が件の場所に埋まっている。柔らかな金の髪が内腿を愛撫し、彼の呼気が肌を擽った。

「ひゃっ、それ……嫌いです……!!」

「どうして？　こんなに赤く熟れているのに……気持ち良くない？」

「良すぎるから……っ！　怖いんです……!!」

指とは違う柔らかなもので敏感な芽を扱かれると、出したくもない声が出てしまう。だらしなく開いた口からは絶え間無く嬌声と唾液が溢れ、さぞやみっともない顔を晒しているだろう。それに何かおかしなものが漏れそうになる。

「同じ『怖い』でも、意味合いが違うと興奮するな」

「ふぇ……？」

「何でもないよ、シシー。ほら、もっと鳴いて。私のために」

「あっ、ァあ!?」

舌で押し潰された次の瞬間には、吸い上げられていた。一度達してしまった身体は快楽に従順で、もはや堪えるということができない。何度も押し寄せる波に呑まれ、シシーナの手足は跳ね踊る。

「……あッ、ぁあ……っ、や、またイっちゃ……！　あっ、ふ、ぁああッ」

膨れ上がったしこりを甘噛みされて、白い光が弾けて散った。全力疾走した後のような脱力感で身体が重く沈み込む。気怠い疲労感がシシーナを支配していた。

でも、足りない。まだ満たされない場所はレオハルト自身を求めて疼いている。決定的なものが与えられず、むしろ貪欲に喘いでいた。

「可愛いな、真っ赤になって。でも今度は、私も一緒に……」

「あぅ!?」

蕩け切った蜜口にレオハルトの切っ先が触れる。互いの愛液を絡め合う度、鋭敏な箇所が擦れ、身悶えるような淫楽が呼び起こされた。奥の方が切なく疼き、淫らな要求を口にしてしまいたくなる。

「……あっ、ぁ、あ……っ」

にちゃねちゃと捏ね回す音が酷く淫らに耳を打ち、塞いでしまいたいのに力の抜け切った腕は容易には持ち上げることさえ叶わなかった。

「も、もう……」

「何？　シシー？」

笑いを含んだ声が楽しそうに落とされる。その滲み出る愉悦から、確信犯だと直感した。

――焦らされている……！

自分から早く欲しいなんて絶対に言えない。先ほどから熱く潤む場所が期待に打ち震えているなどとは絶対に。

「何でも……っ、ありません！」

なけなしの誇りと強がりを掻き集めて、シシーナはそっぽを向いた。その横顔にレオハルトの含み笑いが漏らされたが、決して認めるものかと心に誓う。

「そう……じゃあ、今日はこのままにしようか？」

「え……!?　それはっ」

冷静に考えればレオハルトがここで止まれるはずはない。辛いのは向こうも一緒。だが、さも平気そうに言われて、シシーナは焦った。

既に引き返せないくらい、身体は昂ぶってしまっている。鎮められる方法はただ一つで、それを叶えてくれるのはレオハルトだけ。

「なら、言って。どうして欲しいか、シシーの口で」

「そんな……」

「無理強いは、もうしたくないんだ」

いくら甘く囁かれたところで、その奥には隠しきれない獣の本性が透けている。狙いを定めた獲物を喰らい尽くそうと舌舐めずりをして、自ら堕ちてくるのを待ち構えているのが見えた。

「ほら、早く……」

「……あっ、ゃ、あッ！」

ズルリと滑った屹立が敏感な蕾を擦り、脳天まで痺れが走る。しかもそれだけでは終わらず、何度も往復されて訳が分からなくなってしまう。気持ちが良いのに辛い――何故なら望むものはあと一歩のところで与えられないからだ。

「も……っ、イ……ッ」

「一人で達してしまうの？　狡いなシシーは」

「ぁ……っ!?」

動きを止めてしまったレオハルトを恨めしく見上げれば、汗を滴らせた美丈夫が妖艶に微笑んでいた。お互いに余裕などないはずなのに、どうしてかシシーナの方が追い詰められている気がしてならない。きっと素直に望む言葉を口にしなければ、本気で止めてしまうのではないかと思ってしまう。それは、辛い。

「言って。どうして欲しいのか」

羞恥で瞑ってしまった目蓋に口づけが落とされた。先ほど見た意地悪な表情とは裏腹な声音は、切実な懇願が滲んでいる。それを聞いて、シシーナは理解した。

——ああ、この人……不安なんだ……

まだシシーナの言葉を信じ切れないのだろう。それでも、足枷を外してくれたのは、最大限の誠意なのかもしれない。彼なりの愛情の示し方は、酷く不器用なうえに斜め上過ぎて分かりにくい。

——そんなに私のことが好きなのか。

大型の肉食獣を手懐けた気分だ。しがない小動物が危険な獣を従えるのも悪くない。

「ほし……欲しいです。レオを下さい……っ」

「シシー……!!」

「んっ、ああ……あ――っ」

すっかり蕩けていたそこを一息に侵略され、シシーナは昇り詰めた。体内を押し広げられ、奥深く圧迫される。苦痛はすぐに快楽へすり替わり、更なる蜜が溢れ出す。

「ひ……ぁ、あっ……レオ……っ、レオ」

「ぁあ……、最高だシシー、君だけがいつも新しい世界を見せてくれる……」

漏らされる吐息さえシシーナの肌を炙る要因にしかならず、何もかもが熱くて堪らない。それでも、覆い被さる身体から離れたいとは思えなかった。むしろ僅かな隙間も必要ない。もっと重なり合いたいという欲求に従って伸ばした手は、レオハルトに絡め取られた。

指先を啄ばむ唇を堪能していると、緩やかに動かされた腰が新たな官能を呼び覚ます。

「ふ……ぁッあ、……ぁッ」

浅く捏ねられても、深く突かれても声を堪えきれずに鳴いてしまう。これまでだって気持ち良かったのに、今は快楽の種類がまるで違った。身体だけではない、もっと深い場所で繋がっている気がする。それだけで幸福感が抑え切れない。

「もっと……ぁっ、ぁう……」

「ああ、いくらでもあげる。だからシシーの全部も私にくれ」

「あげます……っ」

既にシシーナの身体も命も、この先の未来も全てレオハルトのものと言える。これ以上何を差し出せるのかは分からないが、渇望されるのは眩暈がするほど心地良い。全身全霊で求められて、心が歓喜した。

「その……代わり、レオも私に下さい……！」

「もちろん……っ」

腰の動きが早くなり、シシーナの中で質量が増してゆく。お互い限界が近いのが伝わって、握り合う手に力を込める。

「……あっ、あぁ――――ッ」

「……くっ……」

弓なりに反った身体を強く抱き締められ、奥底で弾ける奔流を感じた。

真っ白な世界に放り出されながら、目が覚めた時レオハルトが隣にいたらいいとシシーナは思った。

エピローグ

腕の中で眠るシシーナを、レオハルトはうっとりと見詰めた。規則正しい呼吸を繰り返す、愛しい人。

初めて会った時には、本当に天使か妖精だと思ったものだ。

透けるような白い肌に零れ落ちそうな大きな眼。綿毛に似た髪は軽やかで、彼女自身の重みさえ感じさせなかった。放っておけば、きっと空に浮き上がったに違いない。纏う空気さえ清浄なものに思えた。

その少女にとっては、拾ったばかりの小鳥の命さえ、涙を流せる大事件らしい。こちらは既に、人の生き死にさえ無感動になってしまっているというのに。――そうでなければ、生きられなかったのに。

ジワリと胸を焦がす嫉妬の炎。この子は幸せなのだ。他者を気遣い優しさを振り撒く余裕があるほど、愛され満たされている。

――羨ましい。

そんな醜くとも、人間らしい感情を抱いたのは久しぶりだった。

気を抜けば足を引っ張られる王宮の中、本当の意味で安らいだことなど一度もない。自分の意思や興味の対象を示すのは危険な行為だ。大人しく、息を殺して、無能とは断じられない程度の凡人を演じる。それが自分の処世術。

そのためには心を殺す。母を護るためなら、何でもない。

――それなのに。

凍り付いた内面を、幼い少女が簡単に揺らした。その衝撃で、固くそびえていた氷壁が一部崩れてしまう。

触れてみたかった。丸い頬に。柔らかそうな髪に。こんな穢れた男が触っては、彼女を歪めてしまうだろうか。

血の臭いを纏わり付かせた男に怖れをなしたのか、少女は走り去ってしまった。その後ろ姿をずっと見守り、不思議な温かさが胸中に宿ったことに気付くのは、ずっと後だ。

それから、かの国へ足を踏み入れる機会はなく、娘の記憶も忙しい日々に紛れていった。ひょっとしたら、疲れ切った精神が見せた幻だったのではないかと思うほど、天使の残像は遠退いてゆく。それでも、確かに奇跡の邂逅はあったと証明するように、自分の中では世界が色付いて見えた。ただ呼吸しているだけだった日常があの時意味を変えた。

彼女が自然の美しいオールロを気に入って地上に留まっているのなら、自分はそれを守ろう。愚かな争いにあの小国が巻き込まれないよう、強い力を身につけて遠くから。見守るだけ、それで充分。

だが成長した少女は可愛らしい大人の女に変わっていた。

今の姿を知りたいと思ったのは、本当にただの興味に過ぎない。そこには深い意味などなかったように思う。それなのに姿絵を目にした瞬間、抱いた欲求はあまりに生々しかった。

――この女が欲しい。その羽根を毟って地上に繋ぎ止めてしまいたい。二度と天上には戻れぬよう自分だけのものにできたなら。

呆れるほど俗悪で、身勝手な性。うんざりするのは、自分も所詮あの男の息子だと突き付けられたことだ。

貪欲で醜悪な独占欲の塊。一度欲しいと望んだものを、我慢できない。

――だから、大切なものなど作りたくはなかったのに。

だがもう全ては手遅れだ。見つけてしまった半身を見ない振りなどできない。

絶対に断られないよう手を回し、逃げ出す隙も与えず絡め取る。考える時間など与えてやらない。シシーナが覚えていなくても、関係ない。急がなければ、別の男に盗られてしまう。どうしてこれまで見守るだけで満足していられたのか、今となっては分からない。

ただひたすらに焦り、余裕など微塵もないままオールロから彼女を奪い去った。

だがようやくこの腕の中へ迎え入れたシシーナは怯え切り萎縮していた。

それはそうだ。彼女にしてみれば、突然国や家族から引き離され見も知らぬ国へ連れてこられたのだから。

小刻みに震える様を見て確信した。

――やっぱり檻に閉じ込め、鎖に繋ぐしかない。

既に準備は整えてあったから、後は実行に移すのみ。シシーナの世話を任せた侍女頭は最後まで反対していたけれど、最終的には折れた。そうでなければ、この狂気を抑えることはできないと察したのだろう。

レオハルトは喉の渇きを覚え、何か持ってこさせようとベルを鳴らした。すると予想に反して現れたのは、リズだった。

「お呼びでしょうか」

「ああ……何か飲み物を用意して欲しい」

「かしこまりました」

恭しく頭を下げつつ、リズの瞳は眠るシシーナを探っている。そしておもむろにレオハルトを見据えた。

「……結局全て、陛下の思い通りになられた訳ですね」

「……どういう意味だ」

彼女から話し掛けられたのは初めてで、少なからず驚く。けれどそれを気取られないよう、視線を向けた。

「そのままの意味ですよ。後宮は解散、トゥリア様の故国もあのお方の助命を条件に今後の口出しはもちろん、大きな権力を得ることはできないでしょう。事情が事情だけに、反対する声も上がらないに違いありません。いたって穏便に邪魔な全てを排除できたというところでしょうか。内外に陛下のシシーナ様への寵愛と獅子王の健在ぶりを印象付けられましたね」

「……言っている意味が分からないな。それでは全てが計算ずくだったように聞こえる」

「違うのですか？」

薄っすら微笑んだリズの瞳には一瞬冷酷な光が宿ったが、すぐにいつもの無表情に掻き消された。

「シシーナ様はあの通り、聡明ではありますが純粋ゆえに人を疑ったり憎んだりということが苦手です。きっと陛下の目論見など想像すらしないでしょう。鳥籠から逃げ出せたことさえ陛下の思惑通り、手の平で踊っていただけなんてね」

「すまないが、お前が何を言いたいのかよく分からない。だが、興味深い。もし、その通りだったとしたら、どうするつもりだ？」

　そっと伸ばした腕の先には、寝台の下に隠された剣がある。その冷ややかな感触を弄びつつ、レオハルトは口元だけで笑った。

「……どうもいたしませんよ？　私はシシーナ様が幸福であれば、それでいいのです。極端なことを申し上げれば、あの方に見合うだけの男性が現れなければ一生独り身で過ごされるのも悪くないと思っていましたわ。ですから、この縁談が持ち上がった時も、相手がつまらない男であればどんな手を使っても阻止しようと考えていました。たとえば寝首をかくことも厭わずに」

「……では、私はお眼鏡に適ったということでいいのか？」

　少なくとも首と身体は繋がっている。リズの言葉に嘘がないのは、その発する雰囲気から確かだった。戦場であっても、これほどの覇気を発する者はなかなかいない。

「さぁ？　どうでしょう。まだ人生の先は長いですからね、油断されては困ります。けれど形はどうあれ、陛下のシシーナ様への愛情に偽りはないと見受けられましたので」

「それは良かった」

　シシーナにとって大切であろう存在を害さずに済んだことにも安堵する。それに久方振りの緊張感は面白かった。

「……では、お飲み物をご用意いたします」

リズの立ち去った後、肌寒くなったのかシシーナが擦り寄ってきた。まるで小動物が母親の懐で安らごうとするように。あまりの愛らしさにレオハルトの目尻は緩んでしまう。

「シシーの侍女は油断がならないな。だが、君を護るという意味においてはとても心強い」

戦友を得たような気分、と言えばピッタリだろうか。シシーナを直接知れば、誰も彼もが虜になってしまう。母はもちろん、気難しい侍女頭も例外ではない。

知れば知るほど自分を魅了するシシーナ。本当に囚われたのは、彼女ではなく自分自身。彼女という鎖に繋がれて、閉じ込められているのはこちらの方だ。

「今夜は……夜明けまで一緒に眠れるかな」

本日の仕事はあらかた片付けてあるし、急ぎの物もない。寝起きのシシーナを朝の光の中目にしたら、間違いなく止まれなくなる自信がある。だからこれまでは、夜が明け切らないうちに寝所を抜け出してきた。シシーナが起きて最初に目にするのが、愛していない男というのは辛いだろうという気遣いもあった。

けれどこれからは——

「我慢しなくてもいいということだよね、シシー」

目が覚めたら、思う存分愛してあげる。

フワフワとした髪に口づけて、レオハルトは愛しい天使を抱き寄せた。

「ん……レオ……？」

額に口づけるとシシーナが擽ったさに身を捩り、うっすらと瞳を開く。

「ごめんね、起こしてしまった？」

「ん……大丈夫です……今、誰か居ました……？」

「いや？　まだ眠っていなさい。それとも喉が渇いた？」

気ままに跳ねてしまった髪を撫でつければ、心地よさそうに目を閉じる様子に、まるで毛繕いを受け入れる子供みたいだと笑みが零れた。

柔らかな感触は小動物の毛並みによく似ていて、味わうだけで何故か気持ちが安らぐ。しばらく堪能していると、シシーナが僅かに顎を引いた。

「う、ん……喉と言うか……」

言い難そうに睫毛を伏せ、視線を泳がせる。その時、クゥ……と仔犬の鳴き声がレオハルトの耳に届いた。

「？」

「……!!」

何の音かと不思議に思い、澄ませた耳に飛び込んできたのは、今度は間違え様もないグゥウ……という低い響きだった。

つまり、シシーナの腹が空腹を訴えていた。

「や、やだぁ……っ！」

顔を真っ赤に染めて、慌てて下腹を抱えて背を丸める姿が堪らなく可愛らしい。無防備過ぎて噛り付きたくなってしまう。晒された白いうなじには、先程レオハルトが刻み込んだ赤い花が散っていて、とても艶かしく目を射った。

「お腹が空いたんだね。そういえば夕食もとらずに部屋へ籠ってしまったから」

「ち、違……っ、いえ、違わないですけど、でも今のは無しで！　きっと幻聴です！」

涙目になりながらも必死に言い募るシシーナだったが、無情にも空腹の抗議は更に追い打ちをかけてきた。今度はキュルル……と調子外れの音色で。

「聞いちゃ駄目っ！　耳を塞いでください！」

「ふ、ふふ……あははは、本当に何て愛らしいんだろう、君は！」

お互い裸なのも忘れてしまったのか、豊かな胸を晒したシシーナは飛び起きてレオハルトの頭を抱えるように両耳へと手を伸ばした。当然揺れる双丘は彼の顔付近に押し付けられる形になる。

魅惑的な膨らみの誘惑に逆らえる筈もなく、レオハルトは素直に赤い頂へ舌を這わせた。

「ひゃっ!?」

「そんなに誘わないでくれるかな。でないと、腹ぺこの君をまた貪りたくなってしまう」

「誘ってなんかいません……！」

顔だけでなく全身に朱を走らせ、精一杯怒りを表現しているのだろうシシーナの顔は、まるで怖くはない。むしろ庇護欲と嗜虐心をそそられる。

——ああ、もっとその潤んだ瞳を見ていたい……

甘く締め付けられる胸が、レオハルトがまだ人であることを思い出させてくれる。獣に堕ちきってはいないと。シシーナが傍に居てくれる時にだけ、それが実感できた。

「何か用意させよう。食べたいものはある？」

「う、あの……何でも、良いです……すぐ食べられれば」

俯いたままモソモソと、それでもしっかり要求を口にするのはシシーナらしい。レオハルトが築きたいと願っていた気安い関係になれたようで幸福感に満たされて、眩暈がする。込み上げる愛しさで胸が張り裂けそうになった。

絶対に手放したくはない宝。どんな手を使っても、逃がしはしない。できることならば、足だけでなく手や首も鎖に繋いでしまいたかった。誰の目にも触れさせず、会話も許さず、誂《あつら》えた檻の中で永遠に囀《さえず》っていて欲しい。

けれどその願いは彼女を殺してしまう。

だから奥底に沈ませる。本音は隠し、優しい笑みだけをシシーナへは見せていたい。

——もっとも、彼女には薄々ばれているのかもしれないけれど。

レオハルトの本質を見抜いているからこそ、最初あれ程怯えていたのかもしれない。だが逆に考えれば、これ以上印象が悪くなることがないとも言える。

自分の容姿が少しは女性に受けるらしいことは理解していたので、レオハルトは優しく目を細めた。

「分かった。もうすぐ飲み物を持ってリズが来るから、何か用意するように伝えよう」

「ふぇ……っ、リズが!?」

事後の姿を見られるのが恥ずかしいのか、シシーナは慌てた様子で辺りを見回した。そんな姿も、小動物のようで見飽きない。

やがて扉がノックされ、逃亡は無理と諦めたのかゴソゴソとシーツの中へ潜り込んでしまうのを見届けて、レオハルトはリズの入室を許可した。

溺れる程に愛している。

自分の手から彼女を奪おうとする者は、何人たりとも許せない。この先もずっと、大切に守り通してゆく。

「愛しているよ、シシー」

早くこの毒が回りきり、同じ場所まで堕ちて欲しい。でもきっとシシーナは変わらない。それを確認する度、焦燥に囚われながら更に強く自分は彼女を求めるのだろう。焦がれ、時にはのたうつ程の痛みを伴うかもしれない。

甘美な責め苦を想像して、レオハルトはシシーナには決して見せない笑みを浮かべた。

あとがき

初めましての方も、そうでない方もこんにちは。山野辺《やまのべ》りりです。この度は『皇帝陛下は逃がさない』をお手に取って頂き、ありがとうございます。

さて、今回のお話は、変態の王様が愛らしいお姫様を囲い込んでゆく王道のラブコメディです。

誰が何と言おうと、これはラブコメディです。大切なことだから、二度言いました。

『溺愛』というテーマを担当様から頂き、「じゃあ監禁だな！　鎖も必要だ！」と残念脳が弾き出した答えにより、生まれたのがこちらです。

見た目理想の王子様……しかし、その実態は？

言葉では大切に扱われても、鎖に繋がれ檻に閉じ込められ、ペットに等しい境遇に置かれたら……

そんな変態なヒーローを素晴らしいイラストで表現してくださった五十鈴《いすず》様、ありがとうございました。勿体無いほど、レオハルトが格好良いですね！

シシーナの可愛らしさには、レオハルトでなくとも悶絶しそうです。フワフワした柔らかそうな女の子は、小動物のようで見ているだけで癒されます。

およそヒーローとは思えない暴走っぷりのレオハルトですが、私は書いていてとても楽しかったです。

完全に変態に振り切れないギリギリの線を探る日々は忘れられません。皆様がどこまで許容してくださるのか分かりませんが、少しでも楽しんで頂けたら嬉しいです。

美味しいお題を提案してくださった担当様もありがとうございました。毎度毎度、ご迷惑おかけしてすいません。

それから、変態とノーマルの境界線的プレイについて熱い意見を交わしてくださった爛れた友人たち。感謝しております。貴女方の赤裸々で貴重なご意見、参考にさせて頂きました！

最後に、手にとってくださった皆様へ、心からの感謝を！

またいつかご縁があることを祈って。

Sonya ソーニャ文庫

この本を読んでのご意見・ご感想をお待ちしております。

◆ あて先 ◆

〒101-0051
東京都千代田区神田神保町2-4-7 久月神田ビル7階
㈱イースト・プレス　ソーニャ文庫編集部
山野辺りり先生／五十鈴先生

皇帝陛下《こうていへいか》は逃《に》がさない

2014年7月8日　第1刷発行

著　者　山野辺《やまのべ》りり
イラスト　五十鈴《いすず》
装　丁　imagejack.inc
D T P　松井和彌
編　集　馴田佳央
営　業　雨宮吉雄、明田陽子
発行人　堅田浩二
発行所　株式会社イースト・プレス
〒101-0051
東京都千代田区神田神保町2-4-7 久月神田ビル8階
TEL 03-5213-4700　　FAX 03-5213-4701
印刷所　中央精版印刷株式会社

ISBN 978-4-7816-9534-1
定価はカバーに表示してあります。

Sonya ソーニャ文庫の本

穢して、ただの女にしてあげる。

閉ざされた島の教会で、聖女として決められた役割をこなすだけだったルーチェの日常は、年下の若き伯爵フォリーに抱かれた夜から一変する。十三年振りに再会した彼に無理やり純潔を奪われ、聖女の資格を失ったルーチェ。狂おしく求められ、心は乱されていくが――。

『咎の楽園』 山野辺りり

イラスト ウエハラ蜂